Anna –
Die seltsame Entführung

Danksagung

Ein Buch zu schreiben ist gar nicht so schwer. Danach fängt die Arbeit aber erst richtig an. Man muss viel beachten.

Auf diesem Weg möchte ich allen herzlich danken, die bei der Veröffentlichung dieses Buches geholfen haben. Speziell meinen beiden Kollegen, die sich mit vollem Einsatz um das Lektorat gekümmert haben.

Anja S.x

Anna -
Teil 1: Die seltsame Entführung

Bibliografische Information der Deutschen National-bibliothek:
Die Deutsche Nationalbibliothek verzeichnet diese Publikation in der Deutschen Nationalbibliografie; detaillierte bibliografische Daten sind im Internet über http://dnb.dnb.de abrufbar.

Herstellung und Verlag: BoD – Books on Demand
ISBN: 978-3-8482-2994-9

„Schlaf gut, mein Süßer." sagte sie und drückte ihrem Kind einen Kuss auf die Wange, „Ich fahre jetzt zum Sport. Papa ist ja auch bald zu Hause. Die paar Minuten kannst du sicher allein bleiben. Du bist ja schon ein großer Junge." Vor lauter Stolz, ein Großer zu sein, strahlte er übers ganze Gesicht. Sie schloss die Tür des Kinderzimmers und konnte noch sehen, wie der Kleine sich an sein Kuscheltier schmiegte. Er würde bestimmt in den nächsten Minuten einschlafen. Sie ging nach unten und nahm ihren Rucksack. Natürlich kontrollierte sie die Vollständigkeit: Karateanzug, Gürtel, Wasserflasche, Latschen. Alles dabei! Dann schwang sie sich den Rucksack auf den Rücken. Sie prüfte sicherheitshalber die Fenster, ob sie verriegelt waren, ehe sie die Haustür hinter sich zog. Danach holte sie ihr Fahrrad aus dem Schuppen. Am Gartentor blieb sie einen Moment stehen. Von weitem sah sie bereits das Auto ihres Mannes. ‚Er ist gleich hier.' denkt sie, unnötig abzuschließen. Um die Turnhalle zu erreichen, benötigte man nur wenige Minuten. Sie brauchte nur ein Stück am Wald entlang zu radeln, über die Hauptstraße, vorbei an den Neubauten. Dort befand sich die Halle direkt am Rand des Schulgeländes. Das Gebäude war ein typischer Standardbau - hohe graue Wände, der Eingang genau in der Mitte. Der kleine Vorraum mündete rechts und links je in einer Umkleidekabine. Geradeaus gelangte man durch eine weitere Tür ins Innere.

Der Sport bereitete ihr Spaß. Voller Vorfreude stieg sie auf ihr Rad und brauste los. Auf dem Weg, kurz vor der Hauptstraße, begegnete sie ihrem Mann. Er hupte im Vorbeifahren und sie winkte ihm zu. Ihr mittellanges, schwarzes Haar wehte im Fahrtwind. Sie war eine junge Frau, die man auf Anfang dreißig schätzen konnte. Am Rande der Stadt wohnten sie in einem kleinen Häuschen, etwas abseits. Nichts Besonderes, doch es genügte ihnen. Im unteren Bereich befanden sich eine kleine Küche, ein winziges Bad, ein Wohnzimmer und ein Schlafzimmer. Oben gab es noch zwei Kinderzimmer. Eines gehörte dem Kleinen. Das andere bauten sie um. Ihr Mann hätte gern ein zweites Kind gehabt, am liebsten ein Mädchen. Sie wollte allerdings nicht. In ihrer letzten Schwangerschaft erlitt sie schwere Komplikationen mit Schmerzen und Blutungen. Bis zuletzt blieb offen, ob das Baby lebend zur Welt kommen würde. Nein, das könnte sie kein weiteres Mal durchstehen! Sie war froh über ein gesundes Kind. Man sollte das Schicksal nicht herausfordern, meinte sie. So gestalteten sie den Raum in ein Gästezimmer um.

Im kleinen Garten hinterm Haus, bauten sie Gemüse an und pflanzten ein paar Blumen. Die Wiese bot genügend Platz zum Spielen. Ein Paradies für einen Fünfjährigen! Ihr Mann organisierte einen Traktorreifen und füllte ihn mit Sand. Ein toller Sandkasten! Auch ein Planschbecken durfte nicht fehlen. Der Kleine liebte das. Außerdem schickten sie ihn beizeiten zum Karate-Sport. Es machte ihm Spaß und förderte ihn. Eines Tages wurde sie gefragt, ob sie Lust hätte, die Kunst der Selbstverteidigung zu lernen. Sie überlegte lange, bevor sie zusagte. So kam sie seit einem halben Jahr zum Training, jeden Donnerstag Punkt 20 Uhr. Anfangs war sie unsicher, ob es die richtige Entscheidung war. Doch sie brauchte und wollte die Bewegung, nach dem Stress im Job. Zu Hause konnte sie nicht üben. Im Verein hingegen gab es Gleichgesinnte, eine bunte Mischung aus Jung und Alt – Männern und Frauen. Es tat gut diese Menschen zu treffen.

Schon hatte sie ihr Ziel erreicht und schloss ihr Fahrrad an. Heute beschlich sie ein seltsames Gefühl. Irgendetwas war anders als sonst, aber was? Sie schaute sich noch einmal um, entdeckte allerdings keine Auffälligkeiten. Schließlich ging sie hinein. Die anderen warteten bereits und begrüßten sie „Hallo Anna. Ist das eine Hitze heute! In dem dicken Anzug fließen wir bestimmt weg." Tatsächlich war es ein wunderschöner Sommertag. Doch die Sonne entwickelte eine solche Kraft, dass aus der Turnhalle ein wahrer Brutkasten entstand. Die drückende Hitze war schier unerträglich. Jemand stellte vor jede Tür einen Hocker, damit sie offen blieben. Sie hofften wohl, dass etwas kühlere Luft hereinkommen würde. Es erwies sich jedoch, als ziemlich aussichtslos. Der Windzug kam höchstens in den kleinen Vorraum. Durch die Innentür drang kein Hauch. Das Gebäude schmückte eine Reihe von Fenstern, die, ungünstigerweise, so hoch angebracht waren, dass sie niemand per Hand öffnen konnte. Man benötigte Stangen hierfür. Diese waren leider abhanden gekommen. Es gab bislang keinen Ersatz. Ein paar Männer und Frauen schritten innen an der Tür vorbei. Man hörte noch „Hattest du letztes Mal auch solchen Muskelkater. Ich konnte mich kaum bewegen." Doch Anna erging es anders. „Nein. Eigentlich nicht." antwortete sie nachdenklich. Ihre Gedanken kreisten noch immer um das seltsame Gefühl, dass etwas

Schlimmes bevorstand. Was war es nur? Wie gewohnt herrschte eine lockere Atmosphäre. Sie stellten ihre Taschen und Schuhe am Rand der Halle ab. Ein wildes Geschnatter erfüllte den Raum bis der Trainer die Meute zusammenrief „Antreten!" Auf der Stelle verstummten sie und bildeten brav eine Reihe. Draußen, hinter einer Hecke flüstert jemand zu einem anderen „Du hattest Recht, das ist sie. Endlich haben wir sie gefunden." und dann zu einem dritten „Machen wir uns bereit."

*

Das Training verlief zunächst wie gewohnt. Nach dem Aufwärmen führten sie Partnerübungen aus, Angriff mit Faststoß, Abwehr mit Age Uke, danach zurück und Fußtritt gefolgt von einem weiteren Faststoß. Nick, der Trainer ging von Paar zu Paar und kontrollierte, ob die Bewegungen stimmten. Hin und wieder verbesserte er jemanden und zeigte unermüdlich, wie es richtig ausgeführt werden musste. Mit Anna war er ständig unzufrieden, ungenügender Einsatz und zu zimperlich. Man spürte seinen Ärger. Dauernd kamen Ermahnungen: „Du bist viel zu weit weg. Dichter ran." „Bei einem Angriff wartet niemand bis du da bist." „Da, am Bauch sollst du treffen." „Das ist doch kein Schlag! Kräftiger!" „Schneller!" „Keine Streicheleinheiten. Das soll dem Gegner wehtun!" „Los, noch mal." Das waren nur einige seiner Dauerbrenner. Er meinte wohl, dass sie es besser könne und sich nur halbherzig anstrengte. Aber sie ignorierte es einfach. Sie wollte keine Superfrau werden und sich ebensowenig für einen Wettkampf qualifizieren.

Plötzlich rutschten auf dem Boden kleine, flache

Scheiben vorbei, welche sofort begannen, zu zischen und zu qualmen, während sie sich auflösten. Im Nu füllte dichter Nebel den ganzen Raum, so dass man kaum noch etwas zu sehen vermochte. Die ersten begannen zu husten und sackten zusammen — Betäubungsgas! Ein Anschlag?! Plötzlich fiel es Anna ein. Verdammt! Der Transporter, an dem sie vorbeigekommen war, den kannte sie genau. Wie hatte sie das nur vergessen können! Sie drehte sich schnell um, doch zu spät. Ein Mann, wie ein Berg setzte ihr eine Art Pistole an den Hals und drückte ab. Der Typ maß fast zwei Meter. Seine kräftigen Muskeln ähnelten denen eines Bodybuilders. Die schlanke Statur des Mannes verriet, dass kein Gramm Fett seinem Körper anhaftete. Das lange, blauschwarze Haar war zu einem Samurai-Zopf gebunden. Man hörte nur einen Klick. Im selben Moment brach sie zusammen. Er fing sie auf, schob seinen linken Arm unter den ihrigen und seine rechte Hand unter ihre Knie. Annas Kopf ruhte auf seiner Schulter. Blitzschnell drehte er sich um und ging – sie auf dem Arm tragend - schnurstracks zur Tür. Die restlichen Leute sanken nun auch zu Boden. Das Husten und Röcheln ringsherum hörte auf. Nur der Trainer hielt geistesgegenwärtig die Luft an und rannte geschwind hinterher. Unfassbar, was hier passierte! Eine Entführung und ausgerechnet Anna, die unscheinbarste Person der Gruppe! Das konnte doch nicht wahr sein! Er versuchte, den Riesen zu stoppen. Zuerst rief er „Hey, was soll das?! Wo willst du mit ihr hin?" Der große Mann nahm allerdings keine Notiz von ihm. Er war bereits an der Außentür zur Straße angelangt. Dann griff Nick an, aber sein Schlag wurde von zwei Männern aufgehalten. Sie schienen aus dem Nichts aufgetaucht zu sein. Sinnlos, sich zu wehren. Diese Männer waren geübte Kämpfer. Schon überwältigten ihn die beiden finsteren Typen und zerrten ihn mit sich. „Kein Wort!" fauchte ihn einer der beiden an, während der andere ein Messer an seine Kehle setzte.

Draußen stand ein Transporter, ohne Fenster, die Seitentür offen. Die Frontscheibe war undurchsichtig. Er hatte eine seltsame Farbe, weder blau noch grau. Etwas dazwischen traf es wohl am besten. Der Berg von einem Mann stieg ein. Er hielt Anna noch fest im Arm. Beim Einsteigen musste er sich ducken, um nicht am oberen Holm anzustoßen. Dabei achtete er darauf, dass Anna nirgends aneckte. Die beiden anderen Typen zerrten Nick hinterher und schubsten ihn in den Wagen, bevor sie selbst hineinsprangen. Der Transporter fuhr rasant los, als die Tür zugezogen wurde. Alles dauerte nur Augenblicke.

Der Riese schien der Anführer zu sein. Er nahm auf dem einzigen Sitz im Fahrzeug Platz, der sich mitten im Raum befand. Anna hielt er auf dem Schoß und noch immer fest im Arm. Er starrte sie die ganze Zeit nur an. Die beiden finsteren Typen setzten sich auf den Boden und schoben Nick zwischen sich. Einer richtete das Messer gegen seinen Hals. Der andere zog nun ein Kurzschwert und bedrohte Nick. Man sah, wie der Anführer mit einer Hand an der Pistole drehte, mit welcher er vorhin auf sie geschossen hatte. Diese setze er ihr an den Hals. Man hörte erneut das Klicken der Waffe. Langsam erwachte Anna. Für einen Moment drückte er sie fest an sich. Er vergrub seinen Kopf tief in ihrem Haar und schloss kurz die Augen, bevor er einen tiefen Atemzug nahm. „Da hab ich meine kleine Wildkatze ja wieder." raunte er mit tiefer Stimme ihr ins Ohr.

Heftig fuhr Anna hoch: „Boss! Was machst du hier? Wir hatten doch eine Abmachung?!" Sie versuchte sich zu befreien. Aber so sehr sie sich auch mühte, sie konnte sich nicht von ihm lösen. Seine Arme und Hände waren wie Schraubzwingen. Es schien ihm zu gefallen, sie so wild zu erleben. „Tschu!" rief sie. Ein Wortgefecht in fremder Sprache entbrannte zwischen ihnen. Es wurde laut. Offensichtlich stritten beide. Eine Zornesfalte legte sich auf seine Stirn. Schließlich beendete er den Zwist, indem er für alle gut verständlich brummte: „Meine kleine Wildkatze, du wirst tun, was ich sage. Sonst ist der da hin." Der Boss wies mit dem Kopf in Richtung Nick. Dieser saß noch auf dem Boden, die beiden Typen neben ihm mit einem Blick, der keinen Zweifel ließ, dass sie es ernst meinten. Einer hielt ein Messer an Nicks Kehle, der andere drückte ein Kurzschwert gegen dessen Bauch. Erschrocken, mit großen Augen, schaute Anna auf Nick.

Als sie sich wieder gefasst hatte, sagte sie „Tut mir leid Nick, dass du in die Geschichte reingezogen wurdest." Sie war auffällig ruhig geworden. Das Fahrzeug ruckte. Danach bewegte es sich schneller. Nick kam plötzlich in den Sinn: ‚Sollte an dieser Stelle die Straße nicht eine Kurve nehmen? Warum fuhr der Wagen weiter geradeaus? Merkwürdig!'

„Zeit zum Umziehen!" ordnete der Boss an und stellte Anna auf die Füße. Sogleich griff er hinter sich und warf ihr einen kleinen Sack zu. Sie packte ihn aus und begann sich auszuziehen. Die Männer beobachteten sie dabei. Welch tolle Figur, dachte Nick, sehr fraulich und trotzdem schlank! Ihm fiel im letzten Sommer schon auf, dass Anna dennoch sehr sportlich war. Einmal trug sie ein kurzes Kleid, als sie wie gewohnt ihren Sohn vom Training abholte. Normalerweise warteten Eltern, Großeltern und Geschwister immer auf die Kinder, die gerade Sport trieben. Diesmal mussten sie länger ausharren, wegen der vielen Pausen, die er der Wärme wegen einlegte. Sie beschäftigte damals ein kleines Mädchen, das unruhig geworden war. Bei einem Fangen-Spiel mit ihr, staunte er außerordentlich über ihre Wendigkeit und die Muskeln ihrer Beine. So etwas hatte er noch nie zuvor gesehen. Wie konnte jemand so dünne Beine haben, welche trotzdem so muskulös waren? Da steckte definitiv Kraft dahinter. Es ärgerte ihn sehr, dass sie stets so tat, als hätte sie keine. Garantiert war mehr vorhanden, als sie zeigte. Jetzt stand sie hier vor ihm, den Karate-Anzug bereits ausgezogen. Sie schickte sich an, die Unterwäsche abzulegen. Die beiden Typen neben ihm begannen zu grinsen. Der Boss bemerkte es und erhob sich augenblicklich. Er ging einen Schritt vor und visierte die Männer finster an, während er Anna hinter sich schob. Seine dunklen Augen durchbohrten sie förmlich. Er war in der Tat eine furchteinflößende Erscheinung. Nun stützte er sich mit dem Arm an der Decke des Wagens ab. Seine Gestalt verdeckte sie nahezu vollständig. Sofort waren die Gehilfen wieder todernst und wendeten ihre Augen ab.

Geübt streifte sie einen schwarzen Overall über und schnallte den Gürtel um, der sich in dem Sack befand. An beiden Seiten des Gurtes hingen Taschen mit Schlaufen herab, die sie an den Beinen festdrückte. Zuletzt kamen die Stiefeletten dran.

Als Anna angezogen war, fasste sie den Boss am Arm: „Fertig." Er machte Platz und setzte sich wieder. In Nick stieg Unruhe auf. Was ging hier vor? Für jemanden, der entführt wurde, war sie ungewöhnlich gelassen. Sie machte keine Anstalten, zu entkommen. Oder galt ihm selbst die Entführung? Nein, er lief ja hinterher. Er wollte verhindern, dass einer seiner Schüler gekidnappt würde. Aber was waren das für Leute? Verbrecher sind vermummt. Diese keineswegs. Sie gaben sich keinerlei Mühe, ihre Gesichter zu verbergen. Die tiefe Stimme des Boss' riss ihn aus den Gedanken: „Jetzt du." Er packte Nick am Kragen und stellte ihn auf die Beine. Noch ehe Nick protestieren konnte, sagte Anna, fast flehend „Bitte tu, was er sagt. Eine Flucht ist aussichtslos. Ohne die Hilfe des Boss' haben wir keine Chance zurückzukommen." Sie sah den Anführer an und meinte „Er wird versprechen, dass er dich heil zurückbringt, wenn er bekommt, was er will." Nick hielt vor Schreck den Atem an. Welch Frechheit! Sie war doch seine Gefangene, wie konnte sie sich erlauben, so mit ihm zu reden! Der Boss versuchte verärgert auszusehen, was ihm jedoch nicht gelang. Ein Mundwinkel zog sich unweigerlich nach oben. Amüsiert entgegnete er „Klar doch." setzte sich auf seinen Stuhl und lehnte sich zurück. Er kämpfte sichtlich, ernst zu bleiben. Nun wandte sie sich Nick zu „Ich erklär es dir später."

Sie entnahm einem weiteren Sack einen ähnlichen Overall wie ihren und reichte ihn Nick. Das Material sah aus wie Leder, fasste sich aber an wie ein T-Shirt und war ebenso dünn. Die Innenseite fühlte sich sehr weich an. „Was soll das, wofür ist das gut?" fragte Nick. Ohne darauf einzugehen, meinte sie zu ihm „Zieh es über. Vorher musst du alles andere ablegen, inklusiver deiner Unterwäsche, den Ehering nicht vergessen. Es passt sich dir an, auch in der Größe, ebenso die Schuhe." Anna machte sicher einen Witz, dachte Nick. So etwas gibt's nicht. Er tat dennoch, wie geheißen, denn der Blick des Boss' verhieß Ärger, sofern er sich ihrer Aufforderung widersetzen würde. Sie drehte sich anstandshalber um. Während sich Nick umzog, unterhielten sich die anderen in der fremden Sprache. Hauptsächlich sprach der Boss, als würde er etwas erklären. Nick verstand kein Wort. Zudem war er viel zu beschäftigt mit dem Anzug. Das Material empfand er zunächst als recht seltsam. Der übergroße Anzug schien sich in der Tat zu bewegen. Der Stoff zog sich zusammen und passte letztlich wie angegossen. Ein angenehmes Gefühl breitete sich auf der Haut aus, sehr weich und anschmiegsam, ebenso bei den Schuhen. Sie half ihm schließlich, den Gürtel umzuschnallen. Die Schlaufen erschienen ihm kurios, kein Verschluss erkennbar und doch umschlangen sie fest sein Bein. Er hätte auf Klettband getippt. Fehlanzeige. Was auch immer es sein mochte, es hing keine Schnur und keine Schnalle herunter, wie man es sonst kennt. Insgesamt war es beweglich und leicht dehnbar, ähnlich einem Stretch-Stoff, sehr unge-wöhnlich. Nick konnte keine Fragen dazu loswerden, denn der Wagen hielt in diesem Augenblick. Genauer gesagt, bremste er scharf. Mit etwas Glück verhinderte Nick seinen Sturz. Für einen Moment war es still. Der Boss wandte sich an Nick „Wir sind angekommen. Ab hier laufen wir. Sprich währenddessen nur wenn es wichtig ist. Den Grund dafür wirst du noch früh genug erfahren." Er erhob sich nun und riss die Tür auf. Draußen herrschte Dunkelheit. Es deuteten sich nur unzählige Hügel ab, dahinter die Morgendämmerung nahend. Ein kühler Wind wehte herein. Der Boss sprang heraus, seine Gehilfen hinterher. Letztere blieben an der Tür stehen. Sie wollten sicherstellen, dass Anna und Nick ebenfalls ausstiegen.

„Wo sind wir?" erkundigte sich Nick. „Du solltest lieber fragen: wann sind wir." sagte sie zu ihm, „Es tut mir schrecklich leid. Das wird alles sehr schwer für dich zu begreifen sein. Wir sind in der Zukunft gelandet, ein paar tausend Jahre, um exakter zu sein. In dieser Zeit ist nichts mehr, wie du es bisher kanntest. Iss und trink nichts, was wir dir nicht geben. Fass niemanden an, ohne dass wir es dir erlauben. Für dich ist nur eines wichtig: Überleben, um jeden Preis. Dazu musst du dich unbedingt an den Boss halten. Nur er kann dich zurück nach Hause bringen. Werden wir getrennt, such ihn." „Such auf keinen Fall mich, sondern ihn." betonte sie noch einmal und „Pass gut auf deinen Anzug und den Gürtel auf. Ohne diese Dinge bist du verloren und wirst hier nicht überleben. Wie sie zu gebrauchen sind, zeige ich dir später." Sie nickte mit dem Kopf in Richtung der beiden Typen „Die beiden da sind Lee und Han, seine treuesten Gefährten. Der breitschultrige, schwarzhaarige Typ ist

Han, der schmalere, braunhaarige Lee. Mehr Informationen später. Wir müssen uns sputen." In der Tat stand der Boss schon ungeduldig da. „Schluss mit dem Gerede. Wir haben es eilig!" fuhr er sie an und kam bedrohlich auf sie zu.

Anna drückte Nick eine schwarze Creme in die Hand „Reibe dein Gesicht damit ein. Das ist wie Sonnencreme." Sie selbst tat ebenso, während sie aus dem Wagen stieg. Es sah aus, wie eine Kriegsbemalung. „Ach und noch etwas Wichtiges." fügte sie hinzu, „Sag niemandem woher du kommst. Fragt dich einer, sag einfach du bist vom Himmel gefallen. Dann lassen sie dich in Ruhe. Es darf niemand erfahren, aus welcher Zeit du kommst."

Nick blieb keine andere Wahl als hinterher zu springen. Er schmierte sich die Creme ins Gesicht. Das war sicher versteckte Kamera, dachte er. Gleich ist der Spuk vorbei oder es ist nur ein Traum und ich wache bald auf. Lee drückte auf eine Stelle der Wagentür, woraufhin sich diese verschloss. Das Fahrzeug fuhr los. Nun standen sie mitten in der Einöde. Der Boden war sandig. Nick ließ seinen Blick umherschweifen. Ringsherum gab es nichts zu sehen. Er wollte noch wissen wohin sich der Transporter bewegte und drehte sich um. Doch vom Wagen fehlte jede Spur. Verblüfft stammelte er „Wo ist er hin?" Statt einer Antwort packten ihn Lee und Han und schoben ihn vorwärts. Der Boss zog los, mit großen Schritten voran. Er schien den Weg genau zu kennen, welchen sie nehmen mussten. Sein langer Zopf wogte bei jedem Schritt hin und her. Anna folgte ihm mit etwas Abstand, rechterhand. Nick ging schließlich vier Schritte

16

hinterm Boss. Den Abschluss bildeten Lee und Han. Sie liefen hinter Nick, einer rechter- und einer linkerhand. Beide hielten sich immer in Reichweite, jederzeit bereit zu zugreifen, falls Nick auf die Idee kommen sollte, zu entfliehen. So begannen sie ihren Marsch.

*

Es wurde heller, denn die Sonne ging auf. Mit Schrecken stellte Nick fest, dass um sie herum nur Ödland herrschte. Soweit das Auge reichte, nichts als Sand. Jedoch kein üblicher, wie am Strand oder in einer Wüste. Dieser war dunkel, wie Erde. Auf dem Sand lief es sich wahrlich schlecht. Bei jedem dritten oder vierten Schritt rutschten die Füße weg. So kämpfte Nick damit, sich geradeaus zu bewegen. „Setz deine Kapuze auf. Die Sonne verbrennt dich sonst." riet Anna ihm, während sie ihre aufsetzte. Die schwarze Creme ihres Gesichts begann sich zu verändern, ebenso ihr Anzug. Die Farbe passte sich der Umgebung an und wurde von schwarz zu braun. Nick fiel auf, dass es sich bei ihm genauso verhielt. Dasselbe geschah bei den anderen. Sie waren alle mit den gleichen Gewändern bekleidet, nur dem Anzug des Boss' fehlten Kapuze und Ärmel. So konnte Nick eine kleine Narbe am rechten Oberarm erkennen. Der Boss trug außerdem einen Tornister, der fast seinen ganzen Rücken bedeckte. Oben ragten schräg links und rechts Griffe heraus. Als er sich umschaute, sah er, dass Han und Lee sich auch die Kapuzen überzogen, also tat er es ebenfalls, obwohl er glaubte, dass dies völlig unnütz sei.

Wenig später erkannte er den Grund. Die Sonne

brannte unbarmherzig mit unglaublicher Kraft auf sie nieder. Ohne die Kapuze wäre seine Haut sicher rot vom Sonnenbrand oder er hätte nach kurzer Zeit einen Sonnenstich bekommen. Die drückende Hitze erschwerte den Marsch. Das Material des Overalls kühlte allerdings erstaunlich gut.

„Wo gehen wir hin?" fragte Nick schließlich. Sie wandte sich ihm einen Moment zu. „Nicht sprechen!" bekam er zur Antwort, „Schone deine Kräfte." Doch dann meinte sie: „Wenn die Sonne hinter dem Hügel dort rechts steht, kommen wir an eine kleine Oase. Da können wir uns ausruhen. So lange müssen wir durchhalten." Sie zeigte in die Richtung, in die sie gingen. Für Nick sah hier alles gleich aus. Er wollte zur nächsten Frage ansetzen, da knurrte ihn der Boss an „Ruhe, oder es war dein letztes Wort!". Dem hatte Nick nichts mehr entgegen zu setzen.

Trotzdem er durchtrainiert war, gelangte er bald an seine Grenzen. Das ungewohnte Laufen strengte unheimlich an. Lee und Han nutzten jede Gelegenheit, ihn voranzutreiben. Sie schubsten ihn immer wieder vorwärts. Es schien ihnen Spaß zu machen. Anfangs wehrte sich Nick noch gegen die Stöße der beiden Männer, später ließ seine Kraft nach und er nahm es einfach hin. Zuletzt war er sogar froh darüber. Die Gruppe blieb ansonsten still. In der Umgebung hörte man nur den Wind, der Sand vor sich hertrieb. Unheimlich - nicht das kleinste Geräusch eines Tieres! Es musste doch Lebewesen geben! Oder ist es in einer Wüste so ruhig? Der Boss blickte stets aufmerksam um sich. Fortwährend holte er ein kleines Fernrohr heraus und beobachtete die Gegend. Lee und Han

18

drehten sich ab und an um, als wollten sie prüfen, ob ihnen jemand folgte. Nick kam ziemlich ins Schwitzen. Erstaunlicherweise lief ihm kein Tropfen Schweiß herunter und auch seine Kleidung blieb absolut trocken. Sehr merkwürdig, eigentlich müssten die Sachen völlig nass sein! Wie konnte das sein? Danach wollte er unbedingt fragen, aber nicht jetzt, erst wenn sie rasteten.

*

Nach etlichen Stunden rückte ein steiniger Hügel in Sichtweite. Hoffentlich war dies das ersehnte Ziel, dachte Nick. Er brauchte dringend eine Pause. Der Tross stoppte, als der Boss die Hand hob. Lee und Han griffen je mit einer Hand nach hinten und hielten einen der Griffe fest, die über ihren Rücken hinausragten. Anna schaute Nick an und legte ihren rechten Zeigefinger auf ihre Lippen. Der Boss jagte allein zum Hügel. Die anderen hockten sich hin und warteten. Nick mochte sich nicht hinkauern. Wofür? Beharrlich zogen ihn Lee und Han nach unten. Nach kurzer Erkundung des Hügels durch den Boss, lockerte sich die Stimmung, denn er winkte die Mannschaft herüber. Angekommen ließen sie sich erschöpft an einem vertrockneten Baumstumpf am Rande des Steinhügels nieder. Ihnen fehlte die Kraft, jetzt noch in den Steinen herum zu klettern. Nur der Boss schien niemals müde zu werden. Er ging auf Beobachtungsposten und holte wieder sein kleines Fernrohr heraus. Mit diesem überwachte er konzentriert die Umgebung.

Lee streifte seinen Tornister ab. Erst jetzt bemerkte Nick, dass auch die Männer je einen getragen hatten. Nein, es verdiente nicht Rucksack genannt zu werden.

Das Ding war eher rechteckig und hartschalig. Zudem besaß es viele Fächer und Verschlüsse. Lee holte eine ziemlich schmuddelige, mit Wasser gefüllte Flasche heraus. Er nahm einen Schluck und reichte sie weiter. Jeder trank etwas und gab sie dem Nächsten. Zuletzt hielt sie Nick in der Hand. Es widerstrebte ihm, seine Lippen daran zu setzen. „Das kannst du getrost trinken. Es ist gut." sagte Anna. Weil Nick sie angewidert ansah, fügte sie hinzu „Es gibt sonst nichts Genießbares." Widerwillig trank er, denn sein Durst war groß. Das Geräusch seines Magen versuchte er zu ignorieren. ‚Nichts Genießbares.' dachte Nick, während er die Flasche zuschraubte. Es konnte sich nur um ein Missverständnis handeln. So sieht keine Oase aus. Beinahe erleichtert meinte er: „Dann sind wir also noch nicht angekommen? Eine Oase ohne Wasser, das gibt es nicht! Hier existieren lediglich Steine." Bevor jemand zu antworten vermochte, sprang der Boss herbei. „Tin! In Deckung!" brüllte er ihnen entgegen. Der Boss riss seinen Tornister herunter und zog vier Stäbe heraus. Lee und Han warf er je einen entgegen. Er selbst rammte links und rechts neben sich einen Stab in den Sand. Lee und Han steckten ihre schnell derart in den Sand, dass sie zusammen ein Quadrat bildeten. Es war gerade groß genug, dass alle zusammengekauert hinein passten. Lee und Han knieten sich ins Innere des Gebildes und hielten ihre Kapuzen fest. Anna hievte die Tornister hinein und riss Nick an den Schultern herunter, so dass sie beide ebenfalls in dem Quadrat lagen. „Beine anziehen und keine Bewegung!" rief sie ihm zu. Darauf schlug sie die Arme über den Kopf zusammen. Anna lag ganz außen. Der Boss drückte einen Knopf an einem der Stäbe und warf sich schützend über sie. Nun waren sie dicht aneinandergedrängt in dem Gebilde. Ein Arm des Boss' berührte ungewollt Nick. Dieser spürte jetzt dessen stahlharte Muskeln. Bei ihm gab es kein Zittern, nur geballte Kraft. Nick bemerkte, dass der Boss sich nicht einfach auf Anna gelegt hatte, sondern sich am Boden abstützte. Anderenfalls hätte er sie sicher unter sich erdrückt. Obwohl sie größer war als Nick, wirkte sie neben dem Boss klein und zierlich. Dieser ähnelte allerdings keinem typischen Bodybuilder. Er war natürlich gewachsen, schlank und sehr beweglich. Die Stäbe blitzen auf und bildeten ein blaues, surrendes Gitter um sie herum, wie ein Käfig. Da rauschte etwas heran. Es wurde dunkel über ihnen. Mit lautem Getöse und Quietschen tobte es über ihren Köpfen. Zwischendrin blitze es blau auf und roch verbrannt. Irgendetwas Kleines fiel auf sie drauf. Sie wurden mit der Zeit regelrecht zugeschüttet. Es dauerte schier endlos bis der Himmel wieder heller wurde. Vorsichtig schauten sie sich um. Die Lage hatte sich offensichtlich beruhigt. Die dunkle Wolke oder was auch immer es gewesen sein mochte, verschwunden. Der Boss trat gegen einen der Stäbe. Das blaue Gitter erlosch, was ihnen ermöglichte, sich aufzurichten. Von dem vertrockneten Baum war nichts mehr übrig, wie Nick feststellte. Dafür lagen um sie herum lauter tote Heuschrecken, aber keine gewöhnlichen, sondern riesige Tiere. Die blauen Strahlen des Schutzgitters hatten sie offensichtlich gegrillt. Han lachte wie verrückt „Ja, ha ha ha. Jaaa." Er sprang hoch, riss seine Tasche auf und stopfte abwechselnd die Viecher in selbige und in seinen Mund. Han kaute genüsslich. Lee ermahnte ihn noch und versuchte ihn zu bändigen „Stopp! Du musst erst prüfen, ob sie gesund sind. Nicht, dass kranke dabei sind! Han, sonst wirst du selbst krank!" Trotz aller Bemühungen konnte niemand Han aufhalten. Schließlich gab Lee auf. Er nahm sich eine Handvoll der toten Tiere und beäugte jedes genau, ehe er es in den Mund schob. Anna nahm einige, zerteilte diese und zeigte sie Nick. „Schau her. Es ist weiß. So sieht es aus, wenn es in Ordnung ist und du es essen kannst." Nick rief entsetzt „Das soll ich essen?! Niemals!" Der Boss zischte „Iss oder lass es!" Dann drückte er ihr welche in die Hand, die er geprüft und für gut befunden hatte. Sie meinte leise „Du weißt doch, ich esse keine Tiere." Unauffällig verstaute sie diese in ihrer Tasche. Lee unterbrach sie plötzlich „Hier! Da sind kranke dabei. Han, hast du auch keine davon gegessen?! Sieh wenigstens hin!" Lee hielt das Tier, was er entdeckt hatte, jedem vor die Nase. Nick erkannte, dass sie sich in der Farbe unterschieden. Die kranken Insekten waren innen rot, die gesunden weiß. Han hielt inne. Er wusste genau, dass man nichts ohne Prüfung essen durfte. Warum hatte sein Magen gesiegt? Ein Fehler! Hoffentlich waren keine Kranken unter denen, die er bereits verschlungen hatte. Han versuchte die unangenehme Situation zu überspielen und winkte ab. Dennoch prüfte er fortan jede Heuschrecke.

Obwohl Nick es sich ungern eingestand, meldete sich sein Magen. Etwas Sättigendes wäre jetzt prima. Trotzdem, solch abstoßende Nahrung lehnte er ab. Er versuchte, sich ein Tier in den Mund zu schieben. Unmöglich, sich zum Essen zu überwinden! Es ekelte ihn so sehr, dass es ihn würgte. Beinahe hätte er sich übergeben.

„Wir bleiben sicherheitshalber hier und gehen erst morgen weiter." ordnete der Boss an. Er stieg auf dem Steinhügel umher und fand einen guten Platz, an dem sie verweilen konnten. Die Gruppe kletterte hinterher. Wenige Meter oberhalb plätscherte eine Quelle. Nick ging direkt darauf zu und rief erfreut „Da ist ja doch Wasser." Bevor er jedoch seine Hand in das Nass halten konnte, packte ihn der Boss und zerrte ihn weg. „Erklär's ihm." raunte er Anna zu. Er warf Nick rücklings auf den Boden und ging beiseite. Sie stellte ihr Bein, gut sichtbar, neben ihn auf einen Stein. Nun zeigte sie auf das untere Ende des angebundenen Gurtes „Wenn du auf diese Stelle drückst, kommt ein Messstab heraus. " – es fiel ein kleiner Metallstab herunter, den sie auffing – „Die Spitze hältst du ins Wasser oder in das, was du essen möchtest, sofern es nicht zu klein ist, wie die Heuschrecken. Verfärbt es sich, ist es toxisch. Je nach Art und Grad der Verseuchung oder Vergiftung nimmt er eine andere Farbe an. Aber egal, wie der Messstab sich verfärbt, nur wenn er unverändert bleibt, ist es ok." Anna ging zum Wasser und steckte den Stab hinein. Man erkannte schnell, dass er eine giftgrüne Farbe annahm. Sie hielt es Nick hin und sagte „Ungenießbar." Weil keine Reaktion seitens Nick erfolgte, fragte sie „Verstanden?" Er wirkte völlig verstört. „Nick. Bist du okay?" erkundigte sie sich. Der nickte nur und winkte ab. Was für ein Alptraum! Er stand kurz vorm

Durchdrehen. DAS konnte alles nicht wahr sein! Was für eine Gegend! Wo zum Henker waren sie nur hingekommen!?

Lee packte unterdessen eine Decke aus. Diese bestand aus dem gleichen Material wie das der Anzüge. Er baute eine Art Zelt mit Hilfe der Stäbe, die eben das blaue Gitter gebildet hatten. Je zwei steckte Lee übereinander. Danach rammte er sie in den Boden und verband die Spitzen mit einer Schnur. Die Decke schwang er darüber. Auf die Enden, die auf der Erde lagen, packte er große Steine und warf eine Handvoll kleinerer darauf. Die Decke begann sich an genau den Stellen zu verfärben, an denen sie berührt wurde. Sie wurde so schwarz wie die Steine um sie herum. Nur oben blieb sie noch braun, wie der Sand. Beim nächsten Bewerfen änderte sich auch das. Eine weitere Decke deponierte Lee auf den Boden des Zeltes. Auf diese konnten sie sich später schlafen legen. Anna nutzte die Pause und erklärte Nick die wichtigsten Sachen am Anzug und am Gürtel, wo was steckte und wofür es gut war. Nick schien allerdings völlig abwesend zu sein. Er nahm es wie im Rausch wahr. Seine Gedanken schweiften ständig umher. Je mehr sie kommentierte, desto entsetzter wurde er. Er hörte schließlich nur noch: Vergiftung, Verseuchung, Krankheit. Was um Himmels Willen war hier passiert? In dieser Welt kann man doch nicht leben!

Abendrot breitete sich am Himmel aus. Es wurde unaufhaltsam dunkler. Anna kramte in Lees Tornister und entnahm eine seltsame Matte, an der lauter Röhrchen herabhingen. An der Innenwand jedes einzelnen waren viele Haare befestigt. Sie rollte die Mat-

24

te auseinander und nahm den darin eingewickelten Stock heraus. Selbiger wurde zwischen große Steine geklemmt. Als es stabil genug war, hängte Anna die Matte daran und stellte die Wasserflaschen direkt darunter. In die größeren Flaschen hängte sie mehrere Röhren. Es waren insgesamt vier Behältnisse. Nick meinte mürrisch „Ich hab Hunger und Durst." „Morgen früh gibt es wieder Wasser." gab Anna zur Antwort und beschäftigte sich unbeirrt mit der Matte. Han kam zu ihm und drückte ihm noch einige Heuschrecken in die Hand „Die kannst du haben." Anna sprang sofort herbei und begutachtete jedes Tier. Es war glücklicherweise alles in Ordnung. „Die sind ok." sagte sie und fügte hinzu, „Morgen gibt es etwas zum Essen." Unauffällig holte Anna ihren Heuschreckenvorrat heraus und legte diesen in Nicks Hand. Aber Nick mochte nicht. Er stopfte die Tiere schließlich in eine Tasche seines Anzuges. „Warum erst morgen?" bohrte Nick weiter. „Ein langer Weg liegt noch vor uns. Wir müssen uns die Nahrung gut einteilen." antwortete Anna. Lee fügte hinzu „Die Heuschrecken waren ein Segen." Nick wollte zur nächsten Frage ansetzen, da schweifte sein Blick zum Boss. Der Ausdruck seines Gesichts verhieß nichts Gutes, so schwieg Nick lieber.

Die restliche Zeit hielten die drei Entführer abwechselnd Wache. Alle anderen, außer Nick, legten sich im Zelt zur Ruhe. Nick konnte nicht schlafen. Innerlich viel zu aufgewühlt, starrte er in die Ferne. Langsam wurde es kühler. Das durfte nicht wahr sein! Es musste ein Alptraum sein! Allerdings so, wie er sich fühlte, handelte es sich um die Realität. Hunger, Durst und

Kälte, all das widerfuhr ihm wirklich! Seine Gedanken rasten: Zu Hause müssten sie ihn längst vermissen. Ob die anderen Schüler die Polizei gerufen hatten? Konnte jemand bezeugen, dass sie entführt worden waren? Irgendwer hatte bestimmt den Transporter bemerkt. Sicher suchten sie bereits nach ihnen. Aber würde jemand sie hier finden, an diesem seltsamen Ort? Niedergeschlagen blieb er regungslos stehen. Der Hunger nagte an ihm. Zudem wurde ihm kalt. Letztendlich stopfte er sich einige der gesammelten Tiere in den Mund und würgte sie irgendwie herunter mit dem restlichen Wasser aus der ekligen Flasche. ‚Merkwürdig, bisher musste ich nicht auf Toilette. Vielleicht träume ich ja doch.' dachte er. Lee winkte ihn zu sich herüber „Nun komm schon. Leg dich zu uns, sonst frierst du." Widerwillig bewegte sich Nick zu den anderen ins Zelt. Lee zog die überstehende Decke über ihre Beine. Sie reichte fast zum Zudecken. In der Tat war es hier wärmer, obwohl kein Feuer brannte. Nick wälzte sich lange hin und her und stellte sich vor, er würde einfach aufwachen und alles sei wie immer. Schließlich übermannte ihn die Müdigkeit.

*

Am nächsten Morgen weckte ihn der Boss unsanft. „Aufstehen." raunte er ihm zu. Er hatte die Zeltdecke inzwischen heruntergerissen und legte sie zusammen. Anna baute die Matte ab und reichte jedem eine Flasche. In der Tat enthielt es Wasser. Unglaublich!

Der Boss bekam eine große Flasche. Han und Lee reichte sie je eine kleinere. „Wenn's Recht ist, teile ich mir die letzte Flasche mit Nick." Die anderen nickten zustimmend, nur der Boss visierte Nick finster an. Vielleicht bereute er auch, Nick mitgenommen zu haben. Er drehte sich um und die Reise ging weiter. Han starrte dem Boss verwundert hinterher. Als er Nicks Gesichtsausdruck bemerkte, meinte er „Der Boss ist sonst nicht so. Wahrscheinlich ist er …" Han verstummte, denn Lee hatte ihm heftig seinem Ellenbogen in die Rippen gestoßen. Anna drückte Nick die Flasche in die Hand. Er nahm einen großen Schluck, ehe er sie zurückgab. Bevor Anna dem Boss hinterherlief, verschraubte sie die Flasche sorgfältig und verstaute sie in einem Tornister. Nick quälte der Hunger. Sie sprachen doch davon, dass es Essen geben sollte oder hatte er es verpasst? Die anderen machten nicht den Eindruck, als hätten sie Nahrung zu sich genommen. Es bot sich keine Chance mehr, Fragen zu stellen. Ihre Sachen waren längst in den Tornistern verstaut. Nun schubsten Lee und Han wieder Nick voran. Die Sonne brannte erneut unbarmherzig, keine Wolke in Sicht. Aber auch sonst war nichts zu sehen, nur endlose Weite und Hügel aus Sand, keine Pflanzen, keine Tiere. Sie zogen die Kapuzen über und stapften weiter, wie am Tag zuvor.

Nach einem gewaltigen Marsch machten sie mitten in der Wüste kurz halt. „Ich hab Hunger." begann Nick vorsichtig zu sprechen. Sein Magen knurrte mächtig. Es sah jedoch nicht so aus, als ob sie irgendwelche Vorräte mit sich führten, sicher hätten sie sonst etwas am Morgen gegessen. Anna ergriff das Wort „Ich bin auch hungrig. Lasst uns eine Pause einlegen und uns stärken." Lee und Han schienen erleichtert, dass

Anna diese Forderung aussprach. Der Boss stimmte zu. Anna holte sogleich aus ihrem Gürtel kleine, grüne, eckige Plättchen. Jeder bekam eines. Ehe sie Nick davon gab, hob sie es hoch: „Das ist essbar und zudem sehr nahrhaft. Es wird dich für mindestens zehn Stunden satt machen. Steck es einfach in den Mund. Auf gar keinen Fall kauen, sonst wird Dir schlecht. Stell dir etwas vor, was du gern isst, dann ist es leichter. Und lass den Mund geschlossen. Einfach nur schlucken, bis es weg ist." Nick beäugte ungläubig das Plättchen, schlimmer als die Heuschrecken konnte es nicht sein. Er beobachtete, wie Lee und Han es taten. Nick versuchte sich ein saftiges Steak vorzustellen. Während er die Augen schloss, steckte er es in den Mund. Zu seiner Überraschung schmeckte es wirklich ein bisschen danach, als er das erste Mal schluckte. Oder war es nur Einbildung? Dieses Plättchen schien jedenfalls in seinem Mund aufzuquellen. Mit Mühe aß er, ohne zu kauen. Es dauerte eine Weile, bis sich das Plättchen vollständig auflöst hatte. Nick wollte lieber nicht wissen, was das war. Wenig später stellte er fest, dass sein Hunger tatsächlich verschwand und er sich satt fühlte. Jeder trank noch einen kräftigen Schluck Wasser, dann ging es weiter. Lee schubste ihn wieder voran. Han tat es nicht mehr. Außerdem drehte er sich nicht mehr um, wie Lee. Dafür schaute Anna immer öfter zu Han. Letztlich ging sie neben ihm. Der wandte sich jedoch von ihr ab. Als die Dämmerung hereinbrach, hielt er kaum noch Schritt. Er atmete schwer und hatte Mühe, die Füße voranzusetzen. Anna legte seinen Arm über ihre Schultern, um ihn zu stützen. Zuerst wehrte er sich noch, nahm dann aber die Hilfe dankbar an. Er schaffte es gerade noch bis zum Rastplatz, den der Boss ausgesucht hatte. Sie ließ ihn auf einen Stein setzen und zog seine Kapuze herunter. Jetzt fiel es den anderen ebenfalls auf. Han war mit unansehnlichen roten Beulen übersät. Lee rief erschrocken und vorwurfsvoll „Was hab ich gesagt?! Da waren kranke Tiere dabei! Musst du auch immer alles futtern, was dir zwischen die Finger kommt!? Verdammt! Was machen wir jetzt bloß?" Anna stand bereits beim Boss: „Boss, wir können doch nach Hollow gehen. Es liegt quasi auf unserem Weg." Sie fuhr sehr eindringlich fort „Wir brauchen noch Medikamente und Nahrung für unseren Weg. Lass uns dort halt machen. Bitte." Der Boss entgegnete ungehalten „Das ist ein Umweg von mindestens zwei Tagen! Es dauert so schon zu lange! Das Leben unzähliger Menschen hängt von uns ab." Seine Gesichtsmuskeln arbeiteten und die Wangenknochen traten noch stärker hervor. Sie legte ihre Hand auf seine Brust „Eben! Wir brauchen Han und du kennst den kürzesten Weg nach Hollow. Bitte." Einen Moment später holte er tief Luft. Er schob Anna beiseite und ging auf Han zu. Zornig knurrte er „Verfressener Idiot." und puffte ihm im Vorbeigehen gegen die Schulter. Han schwankte, konnte sich trotzdem aufrecht halten. Anna atmete erleichtert auf. Lee nickte ihr zu. Das hieß wohl, dass sie vom Kurs abwichen und ihr Ziel später erreichen würden. Ausgerechnet, das fehlte Nick noch! Nicht nur endlose Wüste, jetzt werden sie, länger als geplant, in der Hitze umherirren. Aber vielleicht war dieses Hollow ja besser.

*

Diese Nacht bauten sie kein Zelt. Gründlich durchsuchte Anna jede Tasche und die Tornister nach Medikamenten, leider war nichts Passendes dabei. Etwas zum Fiebersenken wäre das Mindeste, was sie mitführen sollten. So gab Anna Han, was noch an Wasser in ihrer Flasche war. Er wurde mit einer Decke umwickelt. Die Männer legten sich abseits auf die andere und bedeckten sich mit den überstehenden Enden. Anna stellte die Matte mit den Röhrchen auf, für die Wassergewinnung und bettete sich neben Han. Lee und der Boss wechselten sich mit der Wache ab. Es wurde kein Wort mehr gesprochen. Nick traute sich daher nicht, weitere Fragen zu stellen. ‚Irgendwann wird der Alptraum ja vorbei sein!' dachte er immerzu und ‚Ich wache einfach auf und alles ist wie vor der Entführung.'

Über Nacht hatte Han hohes Fieber bekommen und zitterte heftig. Anna packte wie immer flink die Wasserflaschen und die Matte zusammen. Der Boss erhielt wieder eine große Flasche. Nick und Lee drückte sie je eine der kleineren Behältnisse in die Hand. Die verbliebene Flasche war für sie selbst und Han bestimmt. Anna half ihm beim Trinken. Der Boss wurde sehr ungeduldig. Es dauerte ihm zu lange. Man spürte seine Anspannung wachsen. Endlich waren sie soweit und setzten ihren Weg fort. Anna nahm kurzentschlossen Hans Arm und stützte ihn beim Gehen. Er konnte nur mit Mühe laufen. Han war sichtlich dankbar für die Hilfe. Lee kämpfte scheinbar lange mit sich, ob er zufassen oder sich weiterhin der Überwachung der Umgebung widmen sollte. Letztlich löste er Anna doch ab und flüsterte „Lass mich mal." Han wurde trotzdem immer langsamer. Schließlich ergriff Nick Hans andere Seite. Gemeinsam mit Lee stütze er ihn nun. Anna löste die Gurte von Hans Tornister. Als sie ihn aufsetzen wollte, ging der Boss dazwischen. „Nein, das trägst du nicht." Er riss ihr den Rucksack aus der Hand, „Zeig ihm, wie es geht." Der Boss wies in Richtung Nick und drückte ihm das Gepäckstück auf die Brust. Der schaffte es eben noch, dieses festzuhalten. Anna half Nick den Tornister umzubinden. Nick spürte, wie furchtbar schwer er war. Ein Wunder, wie die Männer so ein Gewicht schleppen und dabei noch so zügig zu gehen vermochten. Wobei, mit dem kranken Han kamen sie nur halb so schnell voran. Der Boss lief stets vornweg, um dann wieder gezwungenermaßen auf die anderen zu warten. Das verschlechterte seine Laune zunehmend.

Gegen Mittag rastete die Gruppe endlich. Han schaffte es das letzte Stück nicht mehr, einen Fuß vor den anderen zu setzen. Eingeklemmt zwischen Lee und Nick, schleiften seine Füße am Boden. Man spürte, wie ihn das Fieber kräftig schüttelte. Vorsichtig setzten sie ihn ab. Nur mit größter Anstrengung hielt sich Han einigermaßen aufrecht. Lee flüsterte Nick zu „Wir müssen schneller werden. Wenn wir heute Abend Hollow nicht erreichen, wird Han sterben." Anna flößte Han Wasser ein. Dabei musste sie ihn festhalten. Er hätte es unmöglich allein geschafft. Die Flasche war fast leer. Anna hoffte, dass keiner bemerken würde, dass sie nichts trank, sondern jeden Tropfen Han überließ. Er brauchte es jetzt dringender als die anderen. Sie selbst würde schon bis Hollow durchhalten. Geschwind packte sie die Sachen ein.

Plötzlich stand der Boss vor Anna und hielt ihr seine Wasserflasche vor die Nase. „Du auch. Trink etwas!" Sie zögerte, so fügte er hinzu „Trink oder ich flöße es dir mit Gewalt ein." Also gehorchte sie. Sie nahm nur einen kleinen Schluck. Er ließ aber nicht locker. „Trink mehr!" befahl er. Sie starrte ihn an und tat schließlich wie geheißen. Nach der dritten Aufforderung gab er Ruhe und schien zufrieden. Anschließend steckte er die Flasche ein und griff sich Han. Er warf ihn einfach quer über seine Schultern. Mit einer Hand packte er Hans Bein, mit der anderen seinen Arm. Nun konnte Han nicht wegrutschen. „Sonst kommen wir nie an." brummte er. Mit großen Schritten marschierte der Boss zügig voran. Überrascht erstarrten die anderen für einen Moment, dann hasteten sie schnell hinterher. Nick staunte insgeheim, mit welcher Leichtigkeit der Boss Han trug. Sie waren zu zweit an ihre Grenzen gekommen, dem Boss hingegen schien es nichts ausmachen.

Als sich die Sonne neigte, erblickten sie in der Ferne einen riesigen Hügel mit schroff abfallenden Seiten. Es glich einer Festung. „Endlich!" stieß Lee erleichtert aus, „Hollow !"

*

Je näher sie kamen, desto besser erkannte Nick zwischen den steilen Hängen einen Zugang. Er war gespickt mit Speeren, die kreuzweise in der Erde steckten. Nick schätzte die Länge des Schutzwalls auf circa zwei Kilometer. Ein schmaler Weg schlängelte sich hindurch. Dieser bot nur einem Mann Platz, was zum Langsamgehen zwang. Jede schnelle Bewegung hätte eine Berührung mit den Spießen und damit eine Verletzung zur Folge gehabt. Der Weg endete an einer großen Barriere, die von Zeltspitzen überragt wurde.

Der Boss stoppte. Han hing schlaff über seinen Schultern. Er hatte offensichtlich inzwischen das Bewusstsein verloren. Anna stürmte sofort zum Boss und meinte „Ich gehe voraus und verhandle mit ihnen." Er schien nichts dagegen zu haben: „Gut. Wir warten hier." Daraufhin rannte sie los, allein. Auf dem schmalen Pfad allerdings bewegte sie sich sehr umsichtig. Der Boss war merklich angespannt und ließ sie keine Sekunde aus den Augen. An der Sperre empfing sie eine Gruppe Männer. Mit großer Gestik diskutierten sie mit ihr, schwer erkennbar, ob dies positiv zu werten war. Endlich kam sie zurück. „Das Glück ist auf unserer Seite. Sie brauchen Hilfe." sagte sie, „Ihre Wasservorräte sind aufgebraucht. Sie wollten wohl gerade einen Tross losschicken, um Wasser zu organisieren. Der Mechanismus des Brunnens funktioniert seit Tagen nicht mehr. Wenn wir ihn reparieren, nehmen sie im Gegenzug Han und uns auf." „Ok. Lasst uns trotzdem auf der Hut sein. Du weißt wie schnell die Stimmung dort umschlagen kann." gab der Boss zur Antwort und „Nick, bleib immer in unserer Nähe." bevor er mit Han auf den Schultern voranging. Anna fügte hinzu „Pass auf die Speere auf. Die Spitzen sind vergiftet. Wenn du dich daran verletzt, wirst du sterben. Es gibt kein Gegengift." Sogleich folgte sie dem Boss. Nick schüttelte den Kopf. Er war bereits vom Laufen völlig fertig und nun DAS. Lee gab Nick einen Schubs, so bewegte er sich wieder vorwärts. Sie gingen sehr langsam und vorsichtig, um keinen der Spieße zu berühren. An der

Barriere öffnete sich ein Spalt. Dies musste das Tor sein. Jetzt nahm Nick wahr, dass die Männer mit bunten Umhängen bekleidet waren. Solche hatte er unlängst in einem Buch gesehen, er überlegte, ob es von Peru oder Mexiko handelte. Er konnte sich aber nicht genau erinnern. Sie wurden begrüßt und hereingeführt. Vor den Zelten wartete eine Schar Menschen auf sie. Einige trugen Hüte. Die meisten Frauen schmückten lange Zöpfe. Neugierig beobachteten sie die Ankömmlinge. Sie wurden zum Zelt des Arztes oder besser Medizinmannes geführt. Dass an diesem Ort ein studierter Doktor leben sollte, mochte Nick nicht glauben. Hier sah es eher wie ein Urlaubscamp aus, in dem man Indianer spielt. An einem der Zelte saß eine junge Frau mit einem Baby im Arm. Mit Entsetzen bemerkte Nick den verkrüppelten Arm des Kindes. Auch sonst fiel Nick auf, dass eine Reihe der Menschen Anomalien aufwiesen. Manche hatten nur ein gesundes Auge, anderen fehlten Beine oder Finger. Zahlreiche Bewohner hatten auffällig wunde Haut. Dennoch schien ausnahmslos jeder gut drauf zu sein und bestaunte neugierig die Neuankömmlinge. Sie wurden förmlich von den Bewohnern umringt. Getuschel und Gemurmel umhüllte sie. Ein junges Mädchen drängte sich aus der Menge und fiel Anna um den Hals. „Min, ich bin so froh, dich zu sehen." sagte sie. Beide Frauen herzten sich. Sie schienen alte Freundinnen zu sein. Nick schätzte das Mädchen auf circa vierzehn Jahre. Eine sehr schlanke Person. Sie wirkte energisch und selbstbewusst. In einer Strähne ihres langen, wilden, schwarzen Haares, war eine Feder eingeflochten, die herabhing. Nick wurde erst jetzt bewusst, dass niemand sie bisher beim Namen gerufen hatte. Min wird sie also genannt, dachte er. Ich kenne sie nur unter dem Namen Anna, Anna Müller. Welcher Name ist wohl ihr richtiger? Er wurde aus den Gedanken gerissen, als unerwarteterweise Indianerrufe ertönten. Wer konnte, stimmte mit vollem Einsatz ein. Ein ohrenbetäubender Lärm! Nick hielt sich die Ohren zu. Dann trat der Medizinmann aus dem Zelt und die Menge verstummte. Der Boss nahm Han von den Schultern und legte ihn behutsam auf den Boden. Der Medizinmann beugte sich über ihn und untersuchte Han. Mit einem Nicken und einer Handbewegung übernahm er den Kranken und seine Gehilfen brachten Han in sein Zelt. Daraufhin bildeten die Leute eine Gasse und standen Spalier. Min und der Boss tauschten kurz ihre Blicke, ehe beide dem entstandenen Freiraum folgten. Lee zog Nick mit sich und heftete sich an die Fersen des Boss. Der Weg führte direkt zum Brunnen. Es begann wieder munteres Treiben und die Stimmung lockerte sich. Diese Leute hatten sich und ihnen unglaublich viel zu erzählen. Sie berichteten Min, dass der Brunnen immer funktioniert hatte und plötzlich nicht mehr. Sie fanden einfach keine Erklärung dafür. Der Brunnen wurde ja ständig von jemandem bewacht. Allerdings erzählten stets mehrere Personen gleichzeitig und völlig durcheinander. Was für ein Sprachgewirr! Im Vergleich zu den letzten Tagen kam es Nick hier sehr laut vor. Trotzdem er sich die ganze Zeit zuvor mehr Unterhaltung gewünscht hatte, sehnte er sich nun nach Ruhe. Lee flüsterte ihm ins Ohr „Das ist in Hollow immer so. Du musst dir eine Person aussuchen und dem folgen, was diese erzählt, sonst verstehst du nichts."

*

Min begutachtete unterdessen den Brunnen. Ein massives Metallgestell mit einer gewaltigen Metallkette ragte heraus. Etwas oberhalb krümmte sich das Gestell und führte über einen Querbalken neben den Brunnen. Zahnräder hielten die Kette in Position. Eine merkwürdige Konstruktion. Bei genauerer Betrachtung jedoch ähnelte es einem Förderband. Zur Bedienung der Einrichtung dienten ein Zugband und eine Kurbel, die an der Seite angebracht waren. An der Kette hingen kleine Eimer. Jene würden oben umkippen, ihren Inhalt ausschütten und somit den darunter stehenden Trog füllen. Nach Erreichen des Überlaufs, sollte das Wasser entlang der Holzkanäle fließen. Einfach, aber effektiv. Sie untersuchte die Einrichtung. Die Kette ließ sich weder vor und noch zurück bewegen. Die sichtbaren Teile waren locker und nicht verkantet. Die Ursache des Problems lag also woanders. So meinte sie „Irgendetwas blockiert den Mechanismus. Ich muss da hinunter." Schon sprang sie auf den Brunnenrand. Der Boss wollte noch ein Seil um sie binden, doch sie war längst unterwegs. „Min! Warte!" raunte er ihr zu. „Später." entgegnete sie ihm beim Herunterkletterten. Dabei stütze sie sich rechts und links mit Armen und Beinen ab. Die Öffnung des Brunnens erwies sich als so breit, dass sie fast einen Spagat machen musste. Unberührt davon, stieg sie gewandt wie eine Katze den Schacht hinab. Nick sah sich um. Es dämmerte bereits. Bald würde sich die Nacht über das Land legen. Im Brunnen dürf-

36

te kaum etwas zu sehen sein. Der Boss zog einen Stab aus einer seiner Taschen, drückte auf das Ende des Stiels und ließ ihn daraufhin in den Schacht fallen. Er schaute hinterher. Der Stab begann zu leuchten. Min schien ihn unten aufgefangen zu haben. „Danke." sagte sie. Nun platschte es. Sie musste im Wasser angekommen sein. Schließlich rief sie: „Ich brauche ein Seil." Das Mädchen von vorhin sprang sofort herbei und reichte dem Boss einige Seile. Der Boss wählte eines aus, den Rest legte er beiseite. Er ließ ein Ende in den Brunnen hinab, das andere Ende hielt er fest. Min tauchte offensichtlich unzählige Male. Es ruckte am Seil. Der Boss zog erst vorsichtig, dann mit kräftigen Zügen. Diesmal hatte er zu tun, denn etwas Schweres hing daran. Er musste sich zuletzt mit einem Fuß am Brunnen abstützen, um es hoch zu bekommen. Als es oben war, sahen alle voller Entsetzen, was es war: ein totes Tier. Es stank fürchterlich und war sehr aufgequollen. ‚Was mochte das für ein Vieh sein?' dachte Nick. Es ähnelte keinem Tier, das er kannte. Oder doch? Irgendetwas zwischen Kuh und Büffel könnte es sein, jedoch kleiner und ohne Hörner, mit langem, dickem Fell. Dem Boss machte der Geruch scheinbar nichts aus. Er packte das Tier und hob es mit Mühe aus dem Brunnen. Nur nicht fallen lassen, Min ist ja noch im Brunnen! Der Boss warf es zu Boden. Die Leute um ihn herum waren in heller Aufregung. Wie konnte es geschehen, dass ein Tier hineinfällt? Ständig bewachte jemand den Brunnen. Unmöglich! Lee flüsterte Nick zu, so dass nur er es hörte „Zum Glück kommen sie nicht auf die Idee, dass es jemand hineingeworfen haben könnte. Sonst sähe es schlecht für uns aus. Sie sind ziemlich misstrauisch und vermuten hinter allem eine Verschwörung." Diese Worte beunruhigten Nick. Doch es blieb keine Zeit zum Grübeln. „Tiao me!" klang es aus dem Brunnen. „Wo ist Werkzeug und habt ihr Ersatzteile?" übersetzte der Boss. Ein paar Leute schauten in den Brunnen und fragten: „Was brauchst du?" „Zunächst eine Brechstange, um die Teile zurechtzubiegen." rief Min von unten. Schon eilte jemand herbei und wollte eine Brechstange hinunterwerfen. Aber der Boss griff schnell zu und verhinderte eben noch, dass sie einfach hineinfallen würde. Die Leute hielten vor Schreck die Luft an. Ein Raunen ging reihum. Warum stoppte er sie? „Die ist zu schwer. Sie kann es unmöglich auffangen." begründete er rasch. Damit schien die Menge befriedigt und entspannte sich wieder. Er band das Werkzeug an ein Seil und ließ es langsam hinunter. Sie nahm es ab. Der Boss befestigte das Seil am Brunnenrand. Man hörte im Schacht metallische Geräusche, Hämmern und Krachen. „Jetzt zieht vorsichtig an der Kette." klang es von unten. Der Boss verschaffte sich Platz, bevor jemand anderes handeln konnte und brummte „Lasst mich das machen." Er zog achtsam an der Kette. Diese bewegte sich nun ein bisschen. „Stopp!" rief Min. Erneut war Lärm zu vernehmen. Kurz darauf hörte man: „Jetzt noch mal." Wieder zog der Boss ein Stück an der Kette. „Wirf bitte das Seil herunter. Ich muss die Teile der Kette zusammenbinden, sonst brechen sie auseinander." Er tat es sichtlich ungern, hatte er doch gehofft, dass sie endlich vernünftig würde und sich eine Sicherungsleine umbinde. Was, wenn ihre Kraft nachließe? Wie sollte er sie herausbekommen? Nur er wurde von den Leuten ernst genommen, d. h. er könnte nicht nach unten klettern. Wer konnte wissen, was die Leute sonst anstellen würden? Sie waren unberechenbar, das war ihm bewusst. Lee musste auf Nick aufpassen und käme auch nicht in Frage. Während er nachdachte, schien sie weitere Male zu tauchen. Abermals forderte sie „Jetzt weiterziehen." Dieser Vorgang wiederholte sich, bis schließlich zusammengebundene Kettenstücke zum Vorschein kamen, mit unzähligen Bruchstellen. Etliche Teile waren verbogen. „Die defekte Stelle ist oben." vermeldete der Boss. Daraufhin kletterte Min heraus, pitschnass. Wasser tropfte herab. Sie rutschte am glitschigen Brunnenrand ab, als sie sich dort festhalten wollte. Der Boss griff blitzschnell zu und erwischte noch ihren Arm. Unverzüglich zog er sie heraus und setzte sie behutsam ab. Er machte ihr jedoch keinen Vorwurf, dass sie kein Sicherungsseil angelegt hatte. „Danke." meinte sie zu ihm. Ihr Blick verriet, dass es sowohl für die Hilfe, als auch für die fehlende Belehrung galt. Sie war sichtlich erschöpft, doch sie gönnte sich keine Pause. Stattdessen sprach sie zu den Leuten „Das untere Zahnrad ist in Ordnung, nur die Kette ist kaputt. Wir brauchen nun Metall, für die Reparatur. Wenn die defekten Teile ersetzt sind, sollte es wieder funktionieren." Die Menschen strömten aus und holten alles herbei, was auch nur annähernd nach Metall aussah. Die erstaunlichsten Dinge warfen sie auf einen großen Haufen. Dabei redeten sie abermals durcheinander. Dieser Tumult war Nick zu viel. Er wollte weg, doch Lee hielt ihn zurück. Min suchte unterdessen sorgfältig die Stücke aus, die sich eigneten. Manches konnten sie sogar als Werkzeug nutzen. „Sehr gut." lobte sie, „Wir müssen nun ein großes Feuer machen, das Metall muss schmelzen, sonst kann man es nicht formen. In der Glut können wir gleich das verweste Tier verbrennen. Nicht, dass noch jemand davon krank wird." Alle stimmten zu. Es passte prima, denn es war schon dunkel. Zudem wurde es deutlich kühler. Vor einigen Zelten brannten bereits kleine Feuerstellen. In diesem Ort schien überhaupt keiner müde zu sein. Die Menge holte emsig herbei, was brennbar war. Kurzerhand wurde ein großes Feuer angefacht. Der Boss holte ein Pulver aus seinem Tornister hervor und streute es in die Flammen, die sich nun kräftig rot verfärbten. Das fachte den Brandherd weiter an. Es wurde glühend heiß. Funken stoben gen Himmel. Die Leute wichen zurück. Jetzt gab es für Min und den Boss genug Platz zum Arbeiten. Nick grübelte vor sich hin: Auf ihrer Wanderung hatten sie noch nie ein Feuer entzündet. Lee schien seine Gedanken lesen zu können, denn er antwortete prompt „Hier in Hollow ist man absolut sicher. Durch die Speere kommt niemand. Da kann man getrost ein Feuer machen. Außerhalb dieses Ortes ist es viel zu gefährlich dafür. Man weiß nie, wen oder was man damit anlockt." Mehr wollte Nick lieber nicht wissen, das beunruhigte ihn ohnehin genug.

Sie wurden mehrmals durch die Menschenmassen abgedrängt, die neugierig beobachteten, was Min und der Boss so trieben. Lee packte Nick unermüdlich am Arm und zog ihn mit sich zurück in die Nähe des Boss. Min warf inzwischen Metall ins Feuer. Sie such-

40

te sich Werkzeug aus. Der Boss riss ihr die Zange und den Hammer gleich wieder aus der Hand. „Sag mir, wie es aussehen soll." verlangte er. „Wir brauchen zwei verschiedene Sorten. Je einen Ring und eine Schelle." erst zeigte sie auf die Glieder der Kette und malte dann auf dem Boden die Teile auf. Eine Zeichnung entstand. „Schau, so wie diese. Ich würde sagen mindestens zehn von jedem, um sicher zu gehen." Der Boss zögerte nicht lange, setzte eine Sonnenbrille auf und nahm das glühende Metall mit der Zange aus dem Feuer. Er packte es auf einen großen Stein in der Nähe des Brunnens und begann gekonnt darauf zu hämmern. Funken in allen Farben sprühten umher. Nick traute seinen Augen kaum, aber das Metall nahm in der Tat die Form der skizzierten Teile an. War er vielleicht ein Schmiedemeister? Dann wäre es kein Wunder, dass sich bei ihm solche Muskeln entwickelten, kam es Nick in den Sinn.

Min hatte unterdessen weitere Metallstücke ins Feuer gelegt. Sie nahm sich einen Eimer, der neben der Wasserförderanlage stand und knotete ein Seil daran. Vorsichtig ließ sie das Behältnis in den Brunnen hinab und holte Wasser herauf. Verblüfft meinten mehrere Personen, dass ihnen das hätte auch einfallen können. Nick war fassungslos. Was waren das nur für Leute? Min stellte den Eimer neben den Boss. Gerade zur rechten Zeit, als das erste Teil geschmiedet war. Der Boss steckte es ins Wasser. Es zischte und brodelte. Zügig warf er es zu Boden und holte das nächste Stück aus dem Feuer. So wurde ein Teil nach dem anderen hergestellt.

Es war schon tief in der Nacht, als sie die Arbeit beendeten. Min erklärten der Menge, dass das Metall abkühlen müsste und sie somit erst morgen weitermachen können. Die Teile würden sonst nicht halten. Die Menschen akzeptierten es. Nun jubelten sie und tanzten um das Feuer. Sichtlich geschafft trat Min beiseite. Der Boss legte eine Hand auf ihre Schulter. Sie lächelte ihn an. Das Mädchen sprang herbei, welches Min so freudig begrüßte: „Ich zeige euch, wo ihr schlafen könnt." Sofort zog sie Min hinter sich her, woraufhin die Männer folgten. Die Leute schenkten ihnen keine weitere Beachtung. Der Boss ließ noch einmal prüfende Blicke schweifen. Lee flüsterte dann „Bis morgen sollten wir sicher sein. Der Brunnen funktioniert ja noch nicht." Der Boss nickte zustimmend. Diese Meinung teilte er.

Schließlich kamen sie an ein Zelt am Rande des Dorfes und stiegen durch die kleine Öffnung hinein. „Das ist mein Reich. Fühlt euch wie zu Hause." sagte Feh. Man hörte den Stolz in ihrer Stimme. Das Mädchen reichte Min ein Tuch. Sie meinte wohl, dass Min noch pitschnass sei. „Danke, Feh." entgegnete Min. Sie begann sich abzutupfen, dabei müsste sie längst trocken sein. Das Bad im Brunnen war bereits Stunden her. Das heiße Feuer tat sein Übriges. Sie wollte offensichtlich höflich sein. Feh strahlte über das ganze Gesicht. In der Mitte des Zeltes standen mehrere, mit Essbarem gefüllte Schüsseln, aus denen es angenehm duftete. Lee machte sich sogleich darüber her. „Das ist ok." stammelte er mit vollem Mund und reichte Nick eine Schale mit Brei. Endlich, etwas Sättigendes und Ruhe. Nick setzte sich zu Lee und aß, was er konnte. Es schmeckte vorzüglich. Woraus gemacht, war ihm egal. Zum Abschluss leckte er sich genüsslich jeden einzelnen Finger ab. Danach legten sie sich auf die Felle am Rand der Behausung. Erschöpft, aber satt, schliefen sie ein.

*

Als Nick am nächsten Morgen erwachte, waren der Boss und Min schon auf den Beinen. Es stand wieder Essen bereit. Er stärkte sich, bevor er aus dem Zelt krabbelte. Lee wartete bereits auf ihn. Sie gingen direkt zum Brunnen. Dort beschäftigten sich die anderen beiden mit der Reparatur. Min stand auf dem Brunnenrand, um besser an die Metallkette heranzukommen. Die verbogenen und defekten Teile waren inzwischen abgebaut. Der Boss hielt die Kette des Wasserförderungsbandes mit den bloßen Händen zusammen. Nur eine Sicherheitsleine war noch an den Teilen befestigt, für den Fall der Fälle. Nick beobachtete, dass es dem Boss sichtlich Mühe bereitete, das Gerüst zusammen zu halten. Es waren erneut Leute um sie herum, allerdings kam keiner auf die Idee zu helfen. Min steckte flink die Ringe und Schellen zusammen. Je ein Splint gab dem Konstrukt Halt. Nun konnte der Boss vorsichtig loslassen. Es blieb stabil. Erleichtert atmeten sie auf. Min sprang vom Brunnenrand herunter. Der Boss schmierte eine Art Fett an die Enden der Splinte und wich schnell zurück. Das Fett entzündete sich heftig und verbog das Metall, als wäre es vernietet. So miteinander verschmolzen, sollten die Glieder ewig halten. Die neuen Teile unterschieden sich von den alten. Sie waren viel dunkler und stabiler, als die anderen Stücke. Einige Bauteile, die sie hergestellt hatten, blieben übrig. Min versuchte den Leuten zu erklären, dass sie diese gut aufheben sollten. Falls etwas kaputt ginge, hätten sie Ersatzteile. Sie schien aber nicht sicher, ob es jemand ernst nahm oder es sich merken würde. Der Boss und Min schauten sich kurz an. Ihre Mienen verrieten: ‚Na dann mal los. Sehen wir, ob sich die Mühe gelohnt hat.' Sie begannen an der Kette zu ziehen, erst langsam und dann immer schneller. Zuletzt benutzten sie die Kurbel, erst eine Runde, danach eine weitere und noch eine. Es funktionierte. Die Konstruktion bewegte sich problemlos. Der Brunnen förderte wieder Wasser. Jubelschreie umringten sie. Immer mehr Menschen gesellten sich zu ihnen, johlten und feierten. Schließlich drängte sich die Menge um das Wasser, das nun durch die langen Holzleitungen floss. Jeder trank und spritzte fröhlich damit umher. Eine riesige, ausgelassene Wasserschlacht entbrannte.

Der Boss und Min zogen sich zurück. Lee folgte ihnen, so gut es in dem Gedränge ging, mit Nick im Schlepptau. Ihr Weg endete letztendlich am Zelt des Medizinmannes. Der diskutierte bereits heftig mit dem Boss. Min stellte sich dazwischen und versuchte zu beschwichtigen. Nick spitze die Ohren, verstand aber kein Wort. Es war zu laut ringsumher. Der Medizinmann ließ nur Min hinein. Mit strengem Blick wies er den Boss zurück, so musste dieser draußen bleiben. Lee zog Nick hinter sich her. Endlich erreichten sie die Stelle, an welcher der Boss wartete. Wenig später kam Min erleichtert wieder heraus. „Wie geht es Han?" fragte Lee neugierig. „Viel besser. Er ist über den Berg." berichtete Min, „Der Medizinmann sagt, dass wir morgen mit ihm weiterziehen können." Die

Nachricht erhellte die Miene des Boss geringfügig. Allerdings bedeutete es den Verlust eines weiteren Tages und das ausgerechnet hier! Nein, das wollte er nicht! Es blieb ihm jedoch nichts anderes übrig als sich zu fügen. Sie brauchten Han für das, was noch kommen sollte.

„Seht zu, dass wir zusammenbleiben." befahl er, aber Min war längst verschwunden. Man konnte noch sehen, wie sie mit Feh zusammen in der Menge untertauchte. Nick erkannte im Hintergrund eine Koppel, auf der Tieren grasten. An den Hängen wuchsen tatsächlich Pflanzen. Er wollte sich das gern näher ansehen. Lee verwehrte ihm entschieden den Weg und schob ihn zurück zur Wasserstelle „Bloß keine Alleingänge." raunte er Nick zu, „Min kennt sich gut aus und weiß was sie tut." Schon waren sie bei der tobenden Menge am Wasser angekommen. Der Boss steckte unauffällig den Messstab ins Wasser, schließlich hatten sie ein totes Tier herausgezogen. Es hätten sich inzwischen Keime gebildet haben können. Da alles ok war, nahm er einen kräftigen Schluck. Lee und Nick folgten seinem Beispiel. Bald taten sie es den Leuten gleich. Sie kippten sich das Wasser über, spritzen vergnügt umher und genossen es. Der Boss füllte die Wasserflaschen auf. Nick wusch sich das Gesicht. Lee löste seinen Zopf. Sein braunes, gewelltes Haar fiel herunter. Er steckte seinen Kopf ins Wasser und schüttelte ihn kräftig. Nun meinte er zu Nick „Zeit für dich und deinen Bart." Nick fasste sich ans Kinn. In der Tat war in den letzten Tagen sein Bart gewachsen. Er hatte vor dem Training die Rasur verschoben und wollte es eigentlich erst am nächsten

Tag in Ruhe erledigen. Doch dazu war es nicht mehr gekommen, wegen der Entführung. Seitdem mochte er keinen Gedanken daran verschwenden. Die Männer hingegen zierte ein blankes Kinn. „Wie kommt es, dass ihr keinen Bart habt?" fragt er. Lee holte ein kleines metallisches Ding heraus und schob es quer über Nicks Kinn. Der schrie mit schmerzverzerrtem Gesicht auf. Die Menge ignorierte sie. Lee hielt in der Hand ein winziges Ei. Es bestand aus vielen Plättchen, die sich beim Schieben bewegten. So zogen sie seine Barthaare heraus. Das tat fürchterlich weh. „Deswegen." lachte Lee ihn an. Er war Nick quer über den Bart gefahren. So zierte ihn eine Schneise. Es blieb ihm nichts anderes übrig, als sich zu rasieren, um nicht lächerlich auszusehen. Lee zeigte Nick detailliert, wie das Gerät zu handhaben war. Sein Tornister beinhaltete in einem Fach einen kleinen, runden Spiegel. Damit sah man, was man tat. So funktionierte das Rasieren oder besser Barthaare-Reißen gut. Nick fühlte sich wieder besser, genug Wasser, satt, gewaschen und frisch rasiert, wenn man das so nennen konnte.

Schließlich gingen sie durch das Getümmel zu Fehs Zelt zurück. Davor warteten sie auf Min. Sie mussten sich allerdings bis zum Nachmittag gedulden. Der Boss spähte die ganze Zeit unruhig umher. Nick gelang es nicht, herauszufinden, ob er wütend über den Alleingang war oder sich Sorgen machte. Der Boss bemerkte, dass Nick ihn beobachtet. So sprach er Nick an „Es kommt dir vielleicht seltsam vor, dass wir dir sehr wenig erklären. Aber du wirst zurück durch die Zeit reisen. Deine Kenntnisse über uns könnten dein Handeln beeinflussen. Du könntest Dinge tun, die du ohne dein Wissen niemals getan hättest und damit die Zukunft verändern. Deine Zukunft, unsere Gegenwart! Es ist besser für dich, wenn du nur das Nötigste weißt." Damit ließ der Boss das Gespräch ruhen. Nick grübelte vor sich hin. Er vermochte sich die Auswirkungen nicht wirklich vorzustellen.

Als Min endlich kam, wirkte der Boss erleichtert. Sie trug bei ihrer Rückkehr einen kleinen Rucksack. In ihrem Haar hing nun, wie bei Feh, eine eingeflochtene Feder. Der Boss schimpfte mit ihr „Wir sollten hier zusammenbleiben. Du weißt das! Keine Einzelaktionen!" Davon unberührt lächelte sie ihn an und sagte lediglich „Wir sind zum Häuptling eingeladen. Er will uns zu Ehren eine Fete geben." Der Boss musterte sie streng. Eine Zornesfalte bildete sich auf seiner Stirn. So meinte sie „Gut, beim nächsten Mal." Er brummte wütend, sah jedoch ein, dass es keinen Sinn machte, sie zu belehren. Unbeachtet dessen, teilte sie den anderen mit „Lasst uns gehen. Sie warten nicht gern."

So begaben sie sich zum Festplatz. Der Häuptling war offensichtlich kurz vor ihnen angekommen. Er schritt gemächlich zu seinem Thron und aalte sich dabei im Jubel der Menge. Auf sein Handzeichen setzte schlagartig Stille ein. Er hielt eine ausgiebige Dankesrede und lobte den großen Gott für seine Großzügigkeit und die glückliche Fügung, dass dieser den Boss und Min zu ihnen geführt hatte. Die Tafel füllte sich reichlich mit wohlriechenden, leckeren Speisen. Die Leute aßen mit Lust. Nach dem Mahl begannen sie mit Trommeln Musik zu machen und zu tanzen. Es herrschte ausgelassene Stimmung. Diese Menschen schienen jede Gelegenheit für eine Party zu nutzen. Unglaublich! Sie feierten bis in die tiefe Nacht.

*

Am folgenden Morgen standen sie, mit ihren Sachen bepackt, wieder vor dem Zelt des Medizinmannes. Han kam heraus. Er sah noch furchtbar aus, schien jedoch kein Fieber mehr zu haben. Sein langes, schwarzes Haar hing offen über seine Schultern. Er band es sich schnell zu einem Zopf. „Bist du okay?" erkundigte sich der Boss. „Ja, alles bestens. Danke Boss." antwortete Han. Er warf Min einen wohlwollenden Blick zu. Ihm war offensichtlich bewusst, dass er ohne sie wahrscheinlich gestorben wäre. Sie führten keine Medikamente mit sich. Der Boss hätte sicher auch keinen Umweg in Kauf genommen, schon gar nicht zu diesen Menschen, die er scheinbar nicht besonders mochte. Das Leben eines Mannes stand gegen ein unbekanntes, wichtiges Ziel. Zudem war der Boss entschlossen, dieses zu erreichen und zwar so schnell wie möglich. Min bedankte sich brav beim Medizinmann und lobte ihn in den höchsten Tönen. Das gefiel diesem offensichtlich. Zumindest schaute er die Männer nun weniger feindselig an.

Han bekam noch Gelegenheit, sich zu waschen und zu trinken, so viel er mochte. Mit großem Appetit vertilgte er, was man ihm vorsetzte. Dann verabschiedeten sie sich vom Häuptling und vom Medizinmann. Sie sprachen erneut Huldigungen für Hans Heilung aus. Feh begleitete sie bis zur Sperre. Dort fiel sie Min noch einmal um den Hals. Min drückte sie fest: „Pass gut auf dich auf." Das Tor wurde geöffnet und sie konnten die Festung verlassen. Sogleich machten sie sich auf den Weg. Sie liefen vorsichtig den Schlängelweg zurück zur Wüste. Am Ende des Todespfades spürte man die Erleichterung. Ein Aufatmen ging reihum. Min winkte den Leuten zu, bevor sie die Reise fortsetzten.

Als sie außer Hörweite waren, meinte Min zu Nick: „Feh ist unsere große Hoffnung. Sie wird es ganz sicher eines Tages schaffen, alle Clans zu vereinigen und dauerhaften Frieden zwischen unsere beiden Welten zu bringen." Der Boss unterbrach sie. „Genug, Min." rief er harsch und legte einen Schritt zu. Sie zog ihre Kapuze hoch und lief rasch hinterher. Wie gewohnt, ging sie rechterhand hinter dem Boss. Lee klopfte Han kameradschaftlich gegen die Schulter „Gut dich heil wieder zu haben." Zusammen gaben beide Nick einen kleinen Schubs, der sich daraufhin vorwärts bewegte. Die Mannschaft zog zügig weiter, in der Glut der Sonne, quer durch die Wüste.

*

Am Abend bauten sie wieder ein Nachtlager auf, diesmal mitten im Sand vor einer Düne. In der Gegend existierte offensichtlich keine Oase, nicht einmal Steine. Min holte aus einem Tornister die grünen Lebensmittelplättchen und reichte jedem eines. Selbst nahm sie keines und hoffte, dass es niemand bemerken würde. Nick wunderte sich, warum Min die Plättchen nicht aus ihrem Gürtel nahm. Vorher tat sie das immer. Wahrscheinlich war dieser Vorrat aufgebraucht. Wobei, wie viel passte eigentlich in einen Gurt? Er mochte aber die anderen nicht mit Fragen löchern. Heute wirkten sie besonders geschafft, ebenso wie er. Min stellte unterdessen die Matte für die Wassergewinnung auf, ehe sie sich um Han kümmerte. Eine hauchdünne Schicht einer silbernen Salbe bedeckte bald seine Beulen. Die Paste trocknete schnell und sah danach aus wie Metall, blieb allerdings absolut geschmeidig. Dies schien Han gut zu tun. Er schloss die Augen und atmete zufrieden auf. Nick fragte, wofür diese Creme sei. Han antwortete „Das ist eine Heilsalbe. Die Wunden verschwinden schneller und hinterlassen keine Narben. Wenn die Verletzung verheilt ist, löst sie sich einfach auf." Nick begrüßte diese Offenheit. Er fasste nun doch Mut zum Sprechen. In Nicks Kopf kreisten Tausend Fragen. Warum die Kapuze? Was sind das für Plättchen? Warum ist hier Wüste? Woher stammten sie? Wieso kannten all diese Leute Min? Was war das Ziel der Reise? Zudem quälte ihn fortwährend die Frage, warum kam er bisher ohne Toilette aus? Solange sie unterwegs waren, verspürte er keinen Drang. Zudem entdeckte er in der Siedlung nirgends eine entsprechende Einrichtung. Sicher ernährten sie sich nicht wie daheim und dennoch, irgendwo musste das Verspeiste ja hin. Er überlegte, womit er beginnen sollte. Schließlich fragte er doch direkt, warum hier keiner muss. „Das liegt am Anzug." erklärte Min ihm, „Das ist eine der besten Erfindungen, die es je gab. Es ist eigentlich ein lebendes Material. Seine dünnen Wurzeln gehen in deinen Körper. Es ernährt sich von deinen Ausscheidungen, angefangen vom Schweiß, über die Hautschuppen, bis zu den Nahrungsresten und all dem. Außen ist es veredelt und kann damit die Farbe dessen annehmen, was es berührt. Aber das hast du ja bereits bemerkt. Zudem besitzt es besondere Eigenschaften, die du später noch kennenlernen wirst." Nick wusste nicht so recht, ob er lachen oder entsetzt sein sollte. Er befühlte das Material und schaute in seinen Ärmel. Der Anzug saß fest auf seiner Haut, trotzdem ließ es sich ganz leicht lösen. Lee schmunzelte „Die Wurzeln kannst du nicht sehen. Sie reißen schnell ab und bilden sich im Nu wieder neu. Das Zeug ist absolut ungefährlich. Mach dir keine Sorgen. Du kannst es im Notfall sogar essen." Nick holte zur nächsten Frage aus, zögerte jedoch, denn der Boss näherte sich. Er brauchte sie nur anzusehen und sogleich verstummten sie. Lee übernahm als Nächster die Wache.

*

Der darauffolgende Tag schien heißer denn je zu sein. Sie liefen fast ununterbrochen und machten nur kurze Pausen. Han war noch nicht hundertprozentig fit, hielt aber trotzdem gut mit. Am Abend erreichten sie endlich einen kleinen Steinhügel. Inzwischen waren sie ein eingespieltes Team geworden. Jeder widmete sich seiner Aufgabe. Min kümmerte sich um die Wassergewinnung und verteilte die grünen Plättchen an die Männer. Lee baute das Zelt. Danach aßen sie und tranken das letzte Wasser. Min versuchte zu verbergen, dass sie sich abermals kein Plättchen nahm. Ihr schlechtes Gewissen plagte sie. Statt Nahrung zu organisieren, hatte sie die Plättchen getauscht gegen den Rucksack und dessen Inhalt. Das war nicht abgesprochen. Sie überlegte: ‚Eine Mahlzeit pro Tag bis der Verlust ausgeglichen war, sollte genügen.' Unerwartet platzierte sich der Boss vor Min und reichte ihr ein Plättchen. „Iss." befahl er. „Danke, ich hab schon." meinte sie. Er packte sie am Arm und zog sie hoch. Nun fuhr er sie wütend an „Lüg mich nicht an! Ich habe schließlich Augen im Kopf. Du hast deinen Vorrat an Feh gegeben. Ich hoffe, der Rucksack und sein Inhalt waren es wert." Mit Nachdruck ordnete er an: „Iss. Du brauchst deine Kräfte noch." Sie ergriff das Plättchen widerwillig und steckte es in den Mund. Er blieb stehen und fixierte sie, bis sie die Nahrungsaufnahme beendet hatte. Essen konnte man es ja nicht wirklich nennen. Er ließ sie los und ging zurück auf seinen Beobachtungsposten. Betreten schaute Min in die Runde. Den anderen bereitete es Unbehagen, dass sie nicht bemerkt hatten, dass sie hungerte. Der Rucksack fiel ihnen gleichfalls auf. Sie dachten jedoch, dass Medikamente darin seien und etwas Essbares. Offensichtlich enthielt er letzteres nicht. Der Boss bewies in der Tat ein wachsames Auge. Ihm entging nichts. Der Rest der Nacht verlief wie gewohnt, Wache halten im Wechsel und am Morgen weiterlaufen, nachdem alles verstaut war.

*

Gegen Mittag des nächsten Tages hielten sie am Fuße eines Hügels und setzten sich. Der Boss sprach zu Lee „Geh voraus und verhandele mit ihnen. Wir warten hier. Wenn etwas schief läuft, errichte einen Sandturm." Lee sprang unvermittelt auf und rannte los. „Was ist ein Sandturm? Wo geht er hin?" horchte Nick auf. „Er geht zu den Priestern." bekam er von Han zur Antwort. Mit Fragezeichen im Gesicht, wandte sich Nick an Min. Sie begann ihre Erläuterungen: „Unsere Zeit hat zwei Welten. Durch die eine wanderten wir die ganze Zeit. Freeland gehört dazu. In der anderen, Highland genannt, leben die Menschen so, wie du es gewöhnt bist. Eine besondere Hülle, die wie eine Glocke aussieht, umgibt sie. Diese schützt sie vor der Strahlung und der Umweltverseuchung. Darin sind sie isoliert von der Außenwelt. Sie züchten Tiere, stellen sich selber Wasser her und bauen verschiedene Pflanzen an. Trotz ihrer intensiven Bemühungen, entwickelte sich das Leben zu ihren Ungunsten. Ihre Rohstoffe gingen zur Neige, wie zum Beispiel Erdöl und Holz. Uns sahen sie anfangs als Bedrohung und bekämpften uns. Vor geraumer Zeit brach eine Hungersnot aus und sie brauchten unsere Hilfe, um überleben zu können. So trafen wir eine Vereinbarung. Wir zeigten ihnen, wie man Lebensmittelplättchen herstellt und sie ließen uns dafür in Ruhe. Im Gegensatz zu ihren, sind unsere Plättchen rein pflanzlich. Doch das nur am Rande. Der Lebensraum in solch einer Glocke ist sehr begrenzt, wie du dir sicher vorstellen kannst. D. h. es gibt genaue Vorschriften, an denen sich jeder orientieren muss. Niemand bekommt Kinder ohne Genehmigung. Alle, die sich nicht an die Spielregeln halten, werden ausgeschlossen. Genauso ist es bei Menschen, die bestimmte Krankheiten haben. Die totale Kontrolle also. Wer nicht in das Schema passt oder gegen eine Vorschrift verstößt, fliegt raus und landet bei uns. Die meisten sterben. Der Rest sucht sich einen Clan, dem er oder sie sich anschließen kann. Waffen mit Feuerkraft wurden abgeschafft, ebenso Energiequellen dieser Art. Es existieren keine Flugzeuge mehr. Dafür erfand man andere Transportwege, die eine Menge Energie benötigen. Die Kraft von Wind, Wasser und der Sonne reichen dazu nicht aus. Darum wurde eine Reihe von Technologien entwickelt, die du nicht kennst. Einige davon sind sehr effektiv, andere sehr gefährlich. Der Einsatz letzterer könnte das Gleichgewicht der Erde leicht zerstören, denn die verbliebene Umwelt ist sehr anfällig geworden. Es war ein langer und harter Weg, den Leuten in Highland beizubringen, dass sie diese Energiequellen nicht einsetzen dürfen. Derzeit halten sie sich daran." Sie pausierte kurz, da Nick sie entgeistert anstarrte. Dann fuhr sie fort „Du wirst und darfst in keine dieser Glocken gehen. Nur Menschen mit implantiertem Chip dürfen hinein. Wer keinen besitzt, wird sofort getötet. Für diesen Zweck bauten sie eigens Roboter. In ihren tollen Bauten gibt es eine Menge verschiedener Seuchen. Gegen eine besonders schlimme, N3 genannt, sind sie machtlos. Sie können aber aus meinem Blut ein Heilmittel herstellen. Ich trage einen Antikörper in mir, den sonst keiner besitzt. Bei geheilten Menschen zerfällt er und kann nicht gewonnen werden. Sie schafften es bisher auch nicht, das Serum synthetisch zu reproduzieren. Mein Leben ist daher sehr wertvoll für sie. Es wurde eine hohe Kopfgeldprämie ausgesetzt. Deshalb werde ich hier gejagt und musste verschwinden." Sie unterbrach abermals und kämpfte mit einer Träne. Nach einem tiefen Atemzug sprach sie weiter „Wir werden also versuchen, mich bzw. mein Blut gegen Dinge zu tauschen, die wir dringend benötigen. Die Priester legten ein Gelübde ab, dass sie niemanden gefangen nehmen oder umbringen würden. Sie verzichten sogar auf Soldaten und lassen nur so viele zu, wie unbedingt zum Schutz nötig sind. D. h. es sollte machbar

54

sein, dass wir bekommen, was wir wollen." Nick wirkte sichtlich entsetzt und schüttelte den Kopf. Das konnte er nicht glauben. Nein, das durfte nicht wahr sein! Sie liefern Min aus! Immer noch fassungslos rief er „Was für ein Wahnsinn! Sie werden dich gefangen nehmen! Das funktioniert doch nie!" „Beruhig dich und hab Vertrauen! Wir haben jeden möglichen Fall durchgespielt." entgegnete der Boss. Min meinte „Ich habe keinen Chip. Daher können sie mich nur in den äußeren Schutzring der Glocke führen. Glaub mir, das funktioniert. Der Boss hat einen perfekten Plan entwickelt. Wir warten jetzt auf Lee, um zu erfahren, ob sie sich auf den Deal einlassen." Nick war bestürzt, denn wenn das stimmte, musste er damit rechnen, dass ihr oder den anderen etwas zustoßen könnte und er hier strandete. Jetzt wurde ihm auch klar, warum die drei Männer fortwährend so wachsam waren. Es könnte jederzeit jemand kommen, der sie gefangen nehmen wollte. Wie schrecklich! Seine Gedanken überschlugen sich. Er schüttelte erneut den Kopf, sie liefern Min einfach aus, dachte er immerzu. Was wenn sie betäubt wird? Dann kommt sie nicht weg! Nick trug abermals seinen Einwand vor. „Was weißt du schon! Du hast keine Ahnung, wie das bei uns ist. Wir leben in Freeland und können nicht einfach in einen Laden gehen und kaufen, was wir brauchen. Die Highlander würden uns auch niemals freiwillig das Benötigte geben." platzte es aus dem Boss heraus. Nick ließ nicht locker. Er protestierte weiterhin. Schließlich sprang der Boss auf, packte Nick und hielt ihm zornig ein Messer an die Kehle: „Kein Wort mehr oder ich vergesse mich." Min ging sogleich dazwischen und beruhigte die beiden wieder. Der Boss ließ Nick los, visierte ihn aber weiterhin finster an. Das genügte, um Stille einkehren zu lassen.

*

Nah am Tor, innerhalb des Schutzwalles, gab es einen Kontrollraum. Zwei Soldaten saßen darin an einem Monitor. Dieser diente der Überwachung der Umgebung. Allerdings widmeten sie sich anderen Annehmlichkeiten, sie sahen eine Fernsehsendung. Es kam gerade Werbung. Aus dem Lautsprecher dröhnte es: „Vergessen sie nicht bei uns anzuhalten und das Supermenü zu wählen. Das gibt es nur bei Foster-Superstore: Das Supermenü für nur 15 Escudos. Es ist das Beste vom Besten und 100% Bio. Unsere grünen Plättchen werden in einer eigens dafür errichteten Schutzglocke hergestellt. Wir sprechen mit dem Hersteller persönlich." Im Fernsehen ging eine adrette Dame mit ihrem Mikrofon zu einem älteren Herrn am Rande eines Zaunes. Dahinter weidete eine Herde. Der Mann antwortete „Ja, bei uns leben nur diese Mufflons und keine anderen Tiere, welche die Luft verunreinigen könnten. Sie fressen natürliches Gras, wie sie sehen können. Es gibt keine Chemie. Seit 1000 Jahren haben wir damit die besten Erfolge bei der Tierzucht." Eine Nahaufnahme der Wiederkäuer folgte, die genüsslich Gras kauten. Die Kamera schwenkte um und bunte Figuren tanzten über den Bildschirm. Sogleich hallte es: „Für unsere Kleinen gibt es noch das Fun-Menü mit Fruchtplättchen, extra rot und in lustigen Formen. Natürlich bekommen sie bei uns auch das Powermenü mit dem blauen Plättchen für den besten Start in den Tag. Dieses Angebot gilt jedoch nur bis 8 Uhr. Also halten sie bei uns an."

Der ältere Soldat seufzte „Ja, jetzt ein Supermenü. Das wäre genau das Richtige. Aber in dieser Einöde bei den Priestern gibt es solche Leckerbissen nicht. Gott sei Dank ist meine Dienstzeit bald vorbei. Wenn ich zu Hause bin, bestelle ich mir einen Berg davon und esse bis ich nicht mehr kann." Der junge Soldat war sehr nervös. „Furo, schalt doch zurück auf die Überwachung. Wenn jetzt der Leutnant kommt!" Der Ältere wirkte absolut gelassen „Ach, was soll da schon zu sehen sein. Hier geschieht nie etwas. Da draußen ist nur Wüste. Keiner dieser Wilden wird sich dahin trauen. Sei ganz entspannt Torsten. Zudem ist der Kommandeur nicht gerade eine Leuchte. Man munkelt, dass er hierher strafversetzt wurde, damit er keinen weiteren Schaden anrichten konnte." Sie verstummten, als jemand die Tür aufriss. Die beiden Männer standen stramm. Furo stellte sich rasch vor den Monitor. Er tastet hinter sich. Auf der Anzeige mussten unbedingt wieder die Bilder der Überwachungskameras aktiviert werden. Nicht auszudenken, wenn jemand mitbekäme, dass sie ihre Aufgabe vernachlässigten. Furo war zwar breit genug, ihn zu verdecken, doch sicher ist sicher. Der junge Soldat drängte sich dicht neben ihn, um ihm zu helfen, dabei hätte es des dünnen Torsten nicht bedurft. „Na, Soldaten!" der Leutnant stand vor ihnen, „Alles in Ordnung? Lagebericht bitte!" Der Befehlshaber, ein untersetzter Mann mit grauen Schläfen, tat überlegen. Er trug den gleichen beige-braunen Tarnanzug wie die beiden. Nur die Streifen am rechten Oberarm, für den Dienstgrad und die Orden auf seiner Brust, unterschieden sie voneinander. Er wippte auf den Zehen auf und ab und blickte auf die Soldaten herab. Torsten hatte einen Kloß im Hals. Vor Schreck versagte seine Stimme. Daher antwortete Furo statt seiner „Jawohl, Herr Leutnant! Keine besonderen Vorkommnisse." „Gut, gut." lobte dieser und fügte hinzu, „Was sollte da auch passieren? Da ist bloß Sand. - Ähm - Dann weitermachen." Daraufhin verschwand er ebenso plötzlich, wie er gekommen war. Die beiden Soldaten atmeten erleichtert auf. „Noch mal Glück gehabt." sprach Torsten, „Jetzt lass uns um die Überwachung kümmern." Er knipste den Monitor an und die Kamerabilder tauchten auf. Kaum auf den Stuhl gesetzt, bemerkte Torsten eine Auffälligkeit. „Was ist das?" rief er aufgeregt, „Ein Signal!" „Das kann nicht sein!" entgegnete Furo erschrocken. Nun sah er es ebenfalls. Wo mag das nur hergekommen sein? „Lass mal genauer sehen." fügte er hinzu. Sogleich drückte er am Schaltpult und am Monitor herum. Das Signal wurde herangezoomt. Es war schwach, doch bald erkannten sie, dass es eine Person war. „Ein Wilder!" schrie Furo entsetzt auf, „Schlagen wir sofort Alarm!" Aber Torsten meinte „Warte noch. Wir haben den Leutnant eben weggeschickt. Sieh mal, er hebt die Hände! Wir sollten erst herausfinden, was er will." Torstens Aufregung wuchs. ‚Endlich ein Lichtblick.' dachte er, ‚Darauf hab ich die ganze Zeit gehofft. Vielleicht bekomme ich jetzt eine Spur zu Min.' Er schaltete an dem Pult und aktivierte die äußeren Lautsprecher „Halt! Stehen bleiben!" befahl er. Der Mann auf dem Monitor hielt inne und schien zu reden. Furo drückte an den Knöpfen der Anlage herum. Jetzt hörten sie den Mann. „Wir wollen euch einen Deal anbieten." verstanden sie deutlich. Der Rest klang abgehackt und unverständlich. „Zu dumm, dass wir die Anlage bei der letzten Wartung ausgelassen haben." brummelte Torsten. Ihnen blieb nichts anderes übrig, als den Mann an das Tor herankommen zu lassen. Sie deaktivierten den äußeren Schutzring, damit kein Alarm ausgelöst wurde und benutzten die Freisprechanlage. Hoffentlich bekam dies der Leutnant nicht mit. Das würde sie ihren Kopf kosten. Am Tor verstanden sie den Mann gut. „Min befindet sich in unserer Gewalt und wir bieten sie zum Tausch. Hier ist eine Liste mit allem, was wir als Gegenleistung fordern." Die beiden trauten ihren Ohren kaum. Das sollten sie glauben? „Ich denke, dass sie verschwunden ist? Wir wollen einen Beweis." sagte Torsten. Der Mann entgegnete „Kein Problem. Das ist ein Tuch mit frischen Tropfen ihres Blutes. Ihr könnt es prüfen." Er hielt nun ein Stück Stoff in die Höhe. Die Soldaten wollten im Schutzring bleiben und erst recht nicht das Tor öffnen. Sie benutzen daher den Greifarm, um das Tuch und den Zettel mit den Forderungen zu holen. Das Gerät verklemmte sich dummerweise. „Verdammt! Die Priester haben nur den letzten Schrott! Nichts funktioniert richtig!" schimpfte Furo, „Wenn das der Leutnant mitbekommt, sind wir erledigt und mein schöner Ruhestand dahin." Dennoch zogen sie zügig ihre Schutzanzüge an und öffneten das Tor. Der Mann trat herein und reichte ihnen die Dinge. Er konnte eigentlich nicht recht fassen, was geschah. Was für zwei Trottel?! Keine Ahnung von Sicherheit!

Bei einem reellen Angriff wären die beiden jetzt tot. Oder war dies vielleicht eine Art Taktik? Er entdeckte jedoch keine Soldaten, außer diesen beiden. Unbemerkt berührte er den Anzug eines Soldaten, nahm etwas ab und steckte es unauffällig in seine Tasche. Torsten las die Liste aufmerksam. Für ihn bestand kein Zweifel, sie wollten Ersatzteile für eine technische Anlage. Er behielt es allerdings für sich.

„Hey, raus und zwar sofort!" schnauzte Furo ihn an, als er bemerkte, wie dicht der Mann bei ihnen war. Dieser trat prompt rückwärts zurück in die Wüste, mit erhobenen Händen. Sie aktivierten rasch die Verriegelung und alarmierten den Leutnant. Der fragte ungläubig „Ein Wilder? Hier bei uns und den Priestern? Bist du sicher? Und wer ist Min?" Furo wirkte fassungslos. Er wahrte trotzdem die Form „Sie kennen Min nicht? Das ist die, von deren Blut man ein Heilmittel gegen die Seuche N3 herstellen kann!" „Ach so, die!" erwiderte der Leutnant überlegen und direkt darauf, „Das wusste ich gleich. Zeig mir mal die Liste." Er studierte sie, als würde er sich auskennen und meinte beiläufig „Solch belangloses Zeug wollen sie, gegen eine so wertvolle Geisel? Naja, es sind eben nur Wilde. Dann sollen sie den Müll auch bekommen. Aber lasst erst das Blut testen. Wir müssen sichergehen." Sie schickten einen Soldaten zu den Priestern. Die waren zunächst verärgert in ihrer Andacht gestört zu werden. Doch bald gab es große Aufregung, denn das Blut wurde eindeutig identifiziert. Der Leutnant ordnete daraufhin an, dem Wilden vor dem Tor mitzuteilen, dass sie auf den Handel eingehen werden, die Frau gegen die Bauteile. Jedweder verfügbare Soldat wurde mobilisiert, denn es könnte ja eine Falle sein. Torsten übermittelte dem Mann die Nachricht über die Lautsprecher. Augenblicklich verschwand dieser in die Richtung, aus der er gekommen war. Furo und er beschlossen, ihre Aufgabe ernster zu nehmen, kein Fernsehen mehr. Zumindest fürs erste.

*

Es dauerte ziemlich lange, bis Lee zurückkehrte. „Sie sind einverstanden. Ware bei Übergabe!" teilte er ihnen mit. Er drückte Min ein kleines Metallstück in die Hand: „Ich hab ein Geschenk für dich. Es ist zufällig in meine Tasche geraten." Sie schaute es kurz an und rief erfreut „Du bist ein Schatz." Min sprang auf und drückte Lee einen Kuss auf die Wange. Überglücklich strahlte er übers ganze Gesicht, bis sein Blick den des Boss' streifte. Gleich war er wieder todernst. Sie steckte sich das Ding ein. Als nächstes fesselte der Boss ihre Hände mit einem Seilende. Das andere Ende hielt er fest. Er führte sie hinter sich her, wie eine Gefangene. Schließlich erreichten sie die Spitze des Hügels. Man konnte nun von weitem die gewaltige Schutzglocke erkennen. Eine Halbkugel, die sich über mehrere Kilometer erstreckte. Man vermochte aber nicht hinein zu sehen. Die Sonne brach sich an der Hülle. Es sah aus, als ob sie sich bewegte. Lee rannte allein voraus. Aus der Ferne beobachtete Nick, wie Lee vor dem Tor stehen blieb. Eine Öffnung tat sich auf und etliche Gestalten, jede komplett verhüllt in einem Schutzanzug, traten heraus. Die Schläuche der Atmungsgeräte auf ihren Rücken endeten in den Helmen. Mit der Ausrüstung sahen sie wie

Astronauten aus. Je mit einer Art Waffe im Anschlag, bewegten sie sich auf den Hügel zu. „Soldaten!" zischte Han. Er blieb stehen und versperrte Nick den Weg. Der Boss schritt mit Min weiter. Sie trafen sich mit den Waffenträgern in der Mitte. Diese packten nun einen faustgroßen Apparat aus. Auf diesen musste Min ihre Finger drücken. Einer der Gestalten hob nach kurzer Zeit die Hand hoch. Daraufhin bekam Lee eine Kiste überreicht. Er prüfte, ob ihre Forderung erfüllt wurde und streckte wenig später den Daumen nach oben. So übergab der Boss den Soldaten die Leine, an welche Min gefesselt war. Lee hastete davon. Zwei Personen führten Min zur Glocke zurück. Der Boss winkte Han und Nick zu, dass sie kommen sollten und rannte sogleich in die selbe Richtung wie Lee. Han und Nick folgten ihnen rasch, allerdings oben am Rand des Hügels. Die anderen Soldaten kamen prompt hinter ihnen her. Der Boss schleuderte etwas zu Boden. Plötzlich schossen tornadoähnliche Säulen empor. Der Sog hob fortan weiteren Sand an, der sich verwirbelte. Eine Wand entstand, die immer größer und breiter wurde. Es bildete sich eine mächtige Sand- bzw. Staubwolke, durch die man nicht hindurchzusehen vermochte. Das also nannten sie Sandturm! Die Verfolger schreckten zurück. Das verschaffte den Flüchtlingen einen Vorsprung. Gemeinsam liefen der Boss, Lee und Han sowie Nick so schnell sie konnten zum nächsten Hügel. Dicht hinter der Kuppe kauerten sie sich hin. Sofort riss Lee die Decke aus Hans Tornister, schlug sie heftig auf den Sand und warf sie über sich. Sie war groß genug, dass sie alle darunter Platz fanden. Eine gute Tarnung, denn die

Verfärbung der Decke dürfte augenblicklich einge-
setzt haben. Han nahm die zweite aus Lees Tornister
heraus und reichte sie dem Boss. Bevor er fieberhaft
die Dinge aus der Kiste einpackte, kontrollierte der
Boss jedes einzelne Stück. Jede Menge technische
Bauteile verschiedenster Art! Das meiste hätte Nick
als Computerchips eingestuft. Diverse Teile musterte
der Boss argwöhnisch: „Die haben uns in der Tat
Wanzen untergeschoben." Er zerquetschte sie mit
der bloßen Hand und ließ sie fallen. Nachdem der
Boss fertig war, befahl er ihnen: „Ihr geht weiter zu
Sektor G703. Wir treffen uns dort." Dann schlug er
einen anderen Kurs ein, geduckt gehend, mit der
zweiten Decke über sich. Das Ende selbiger schleifte
auf dem Boden und verwischte seine Fußspuren. Man
konnte ihn nur noch sehen, wenn man wusste, wo er
entlanglief. „Damit sind wir für die Soldaten nahezu
unsichtbar. Ihre Scanner können uns darunter nicht
erfassen." flüsterte Lee zu Nick. Hinter dem Hügel
ragte immer noch der Sandturm hervor. Offensichtlich war keiner der Soldaten hindurchgegangen. Zumindest kam keiner den Hügel herauf. Lee ordnete
an: „Los, dicht an dicht gehen, dass nichts aus der
Decke herausragt." Sie nahmen Nick in die Mitte und
umklammerten sich fest mit ihren Armen. Gebückt
gehend setzten sie ihren Weg zügig fort. In der Tat
schien ihnen niemand zu folgen.

Sie gelangten bald an einen Abgrund. Schroff abfallende Felsen lagen vor ihnen. In der Schlucht konnte
man ein ausgetrocknetes Flussbett erkennen. Früher
bahnte sich an dieser Stelle sicher ein reißender
Strom seinen Weg. Jetzt gab es nur noch Staub. Auf

der rechten Seite erhob sich eine Anhöhe. Von dieser ließe sich das Terrain bestimmt gut überwachen. Sie beschlossen, dort auf den Boss zu warten. Angekommen, musste Nick sich Luft machen: „Das kann nicht wahr sein! Warum liefert ihr Min einfach aus? Und wo ist der Boss? Wie soll es jetzt weitergehen?" Lee und Han schauten sich belustigt an. „Du denkst sie ist den Priestern hilflos ausgeliefert?" fragte Han, „Da kennst du sie schlecht und ebensowenig den Boss. Meinst du wirklich, er lässt sie zurück?" und grinste vor sich hin. Lee griente ebenfalls „Na, dann warte mal ab." Sie legten sich an den Rand der Anhöhe und lugten darüber. Ein perfekter Ort zur Überwachung. Von hier würden sie jeden problemlos entdecken können, der sich näherte. Hinter ihnen ging es steil bergab, so dass sie keinen Angriff aus dieser Richtung zu befürchten hatten. Die Decke umhüllte sie immer noch. Sie harrten der Dinge, die kommen würden, doch nichts passierte. Stattdessen wurde es dunkel. Nicks Unruhe wuchs. „Was, wenn der Boss nicht kommt?" fragte er schließlich. Han wurde ernst: „In diesem Fall haben sie ihn erwischt. Wir holen unsere Männer und boxen beide raus. Bis zum Sonnenaufgang geben wir ihnen aber noch Zeit. Einer hält Wache, die anderen können schlafen. Essen und Trinken später." Lee stimmte zu. Nick war es recht. So innerlich aufgewühlt, wie in diesem Moment, mochte er nichts zu sich zu nehmen. Er benötigte unbedingt Zeit, die Situation zu verarbeiten.

*

Unterdessen liefen die beiden Soldaten Furo und Torsten mit Min zur Schutzglocke. Da sie für den

Wachdienst eingeteilt waren, mussten sie zurück auf ihre Posten. Die anderen Armisten folgten den Wilden, auf Anweisung des Leutnants. In der Hektik hatte sich Torsten das falsche Beatmungsgerät umgebunden. Er bemerkte plötzlich, dass der Sauerstoff ausging. Erschrocken hielt er inne. Die Kontrollanzeige färbte sich rot und ihm blieb die Luft weg. Min eilte zu Hilfe und riss den Luft-Schlauch ab, so gut es eben mit den gefesselten Händen möglich war. Furo ergriff sie sofort. Er nahm an, dass sie Torsten etwas antun wolle. Stattdessen drang normale Luft in seinen Helm und Torsten konnte atmen. Erschrocken sah er Min an „Ich dachte die Luft ist vergiftet!" Sie sagte „Man erzählt euch so manches Märchen. Die Wahrheit sieht ganz anders aus." Furo schimpfte „Schluss mit dem Geschwätz! Wir haben einen Befehl!" Er umklammerte Min noch immer und zerrte sie mit sich. Furo wirkte sichtlich genervt und brummte „Sieh bloß zu, dass sie uns nicht erwischen. Ich will meinen Dienst sauber beenden und nach Hause." Hastig durchquerten sie mit ihr den Eingang. Dort wartete bereits der Leutnant. Die beiden Soldaten vermeldeten, dass die Übergabe erfolgt sei. Es erschien ihnen unfassbar, dass sich Min tatsächlich in ihrer Gewalt befand. Den Leutnant überforderte die Situation völlig. Was nun? Erst einmal einsperren, ja das war gut und dann betäuben. Oder besser nicht? Vielleicht ist das Blut in dem Fall unbrauchbar? Schließlich beschloss er, die Priester zu befragen und anschließend einen Bericht an seine Vorgesetzten zu übermitteln. Sie müssen entscheiden, was mit ihr geschehen soll. Solange sollte sie eingesperrt und gefesselt bleiben. Da momentan nur Furo und Torsten anwesend waren, musste er selbst zu den Priestern gehen. Zu dumm, dass er ausnahmslos jeden zum Einsatz schickte und nur den Wachdienst zurück orderte.

Die beiden Männer führten Min in den Überwachungsraum. Sie war überrascht, wie leicht sich die Situation gestaltete. Min rechnete damit, dass sie spätestens jetzt eine Betäubungsspritze bekommen würde und das Gerät einsetzen müsste, welches sie von Lee erhalten hatte. Stattdessen dies. Keine Durchsuchung nach Waffen! Der Rucksack hätte alles Mögliche enthalten können! Oder steckte Absicht dahinter? Hier stimmte etwas nicht! Aber was? Auf dem Weg zum Kontrollraum malte sie sich eine Reihe verschiedener Fluchtpläne aus. Sie prägte sich genau ein, wo welche Anzüge, Waffen und Skateboards hingen. Am Schlüsselpult entdeckte sie nur einen Schlüssel. Das hieß, es gab nur einen Einsatzwagen. Eigentlich wollte sie schon fliehen, aber irgendetwas an dem Soldaten hielt sie noch zurück. Er starrte sie ständig an, als würde er noch etwas von ihr wollen. Nervös spielte er fortwährend mit den Fingern und wischte sich den Schweiß der Handflächen an der Uniform ab. Zudem sollte die Überwachungsanlage Bauteile haben, die nützlich sein könnten. Sie entschied sich abzuwarten. Noch bestand keine Gefahr. Allerdings, spätestens wenn der Leutnant und die Soldaten zurückkämen, musste sie verschwunden sein, sonst wäre die Lage zu riskant.

Torsten nahm Handschellen und legte sie ihr vorsichtig an, bevor er das Seil entfernte. Furo konzentrierte sich längst auf den Bildschirm. Er schaltete daran herum. Man hörte die Sprecherin „Zuletzt noch die Daten von Maincity. Innerhalb der Schutzglocke gleichbleibend 21 Grad. Sauerstoffgehalt normal. Außerhalb Toxinwert 4,7. Und nun weiter im Programm." Furo sprach fasziniert: „Sieh mal, jetzt bringen sie eine Reportage über die Foster-Superstore-Kette. Ausnahmslos Bio. Was du mir einreden wolltest! Da, die Verwertungsanlage ist gleich daneben, alles wird frisch verarbeitet!" Unbeachtet dessen setzte sich Torsten vor Min. Er visierte sie an und dachte immerzu „Min. Diesen Moment wünschte ich mir so sehr, als ich mich freiwillig meldete. Aber wie bringe ich sie dazu, mir Blut zu spenden? Wenn die Soldaten von Maincity eingetroffen sind, wird es völlig aussichtslos sein, daran zu kommen." Sie beobachtete ihn und flüsterte leise, dass Furo es nicht hören konnte „Für wen brauchst du das Blut?" Erschrocken zuckte er zusammen und flüsterte zurück „Für meine Mutter. Sie ist krank. Der Arzt sagt, dass nur du ihr helfen könntest. Es darf jedoch niemand erfahren, sonst wird er und meine Mutter sicher auch verschleppt. Erst kurz vor meiner Einberufung, haben sie aus unserer Straße Leute abgeholt. Niemand hat sie je wieder gesehen." Nach einer Pause fragte er „Kannst du Gedanken lesen?" Min lächelte „Nein, das kann ich nicht. Die Wahrscheinlichkeit war nur sehr groß, dass es darum geht." Min blieb ruhig und flüsterte leise weiter „Hilf mir, dann helfe ich dir. Ich muss Teile aus eurer Überwachungsanlage ausbauen. Besorge unterdessen eine Spritze für das Blut." Mit großen Augen schaute er sie an. Seine Gedanken rasten. Er konnte sie doch nicht einfach laufen lassen, wie konnte er sicher sein? Sie war eine Wilde! Aber das Heilmittel! Das brauchte er unbedingt.

Furo bemerkte, dass Torsten noch immer bei ihr saß „Was ist los?" Torsten entgegnete nur „Ich glaube die Handschellen sind nicht in Ordnung." Er werkelte an ihnen herum. Min spürte, dass er sie unauffällig löste. Laut fuhr er fort „Ich hole besser ein anderes Paar." Furo war es recht. Er verspürte keine Lust irgendetwas zu tun, zudem interessierte ihn der Fernsehbericht. Der Frau sollte keine Flucht gelingen. Das würden die Fesseln verhindern, dachte er. Es droht keine Gefahr.

Torsten verließ den Raum. Als Furo das nächste Mal auf den Monitor sah, sprang Min auf und setzte das Gerät ein, welches Lee organisiert hatte, einen Elektroschocker. Ein Blitz zuckte, der Furo schlagartig lähmte. Er fiel auf seinem Stuhl nach hinten und starrte mit weit geöffneten Augen zur Decke. Sofort nahm sie sein Messer, öffnete die Anlage und holte heraus, was sie brauchte. So schlug sie zwei Fliegen mit einer Klappe. Die Überwachung der Umgebung war fortan unmöglich und sie besaß zusätzliche, nützliche Bauteile. Sie zog eine faustgroße Tüte aus einer Tasche und steckte alles hinein. Im Nu verstaute sie es da, wo nur Frauen es können. Die Tür bewegte sich. Eilig stellte sie sich daneben. Es war Torsten. Die Tür verschloss sich hinter ihm. Er erblickte seinen gelähmten Kameraden sowie die ausgeräumte Anlage. Vor Schreck ließ er die Handschellen fallen. Min, die in seinem Rücken stand, trat rasch an ihn heran und hielt ihm den Mund zu. „Keine Sorge, er lebt."

flüsterte sie ihm ins Ohr. Sie ließ ihn los. Er starrte sie ängstlich an. Die Situation schien ihm zu entgleiten. Was hatte er nur getan? Wie sollte es weitergehen?! Min nahm flugs die kleine Schachtel, die er mit der linken Hand umklammerte. Sie holte die Spritze heraus und stach sich selbige in die Armvene, während sie auf ihn einredete „Verstecke es gut. Der Antikörper hält nur wenige Tage. Das Beste ist, du lässt dir eine Salbe von den Priestern gegen Gelenkbeschwerden mixen, zum Kühlen. Pack die Schachtel hinein. Den Teleporter sollte es überstehen." Nach der Blutentnahme verschloss sie die Spritze und verstaute alles in dem Behältnis. Er steckte dieses sogleich ein. Sie sagte noch „Wir sind gar nicht so wild. Das Leben da draußen ist eigentlich ganz angenehm. Wie heißt du überhaupt?" Das Geschehen war für Torsten völlig unbegreiflich, er stammelt vor sich hin „Torsten, Torsten Weger. Ich weiß gar nicht …" Weiter kam er nicht. Min verpasste ihm einen kräftigen Schlag. Schon lag er neben den Handschellen auf dem Boden. Sie schaute unauffällig aus der Tür. Das Tor stand offen. Die anderen Soldaten kehrten eben zurück und schimpften vor sich hin „Diese Teufel! Einfach verschwunden! Kein Signal mehr auf dem Ortungsgerät! Wie vom Erdboden verschluckt! Und der Sandturm erst!" Von der anderen Seite hörte sie den Leutnant sprechen „Das haben sie hervorragend gemacht, lobte mich der Oberst. Ihre Beförderung ist sicher. Sofort betäuben und keine Sekunde aus den Augen lassen, ordnete er an." Er platzte beinahe vor Überheblichkeit. Sie warf kleine, verschiedenfarbige Scheiben in jeden Gang. Diese fingen heftig an zu zischen und zu qualmen. Die Gänge füllten sich mit dichtem Nebel und Betäubungsgas. Die meisten Männer husteten und brachen zusammen. Sie hielt die Luft an, sprang aus dem Raum, griff sich eines der Skateboards, welche an der Wand hingen und startete durch das Tor. Dieses begann sich zu schließen. Höchste Zeit! Einige Soldaten trugen noch die Anzüge und konnten rasch ihren Kopfschutz aufsetzen. So entwischten sie dem Gas. Sie brauchten aber einen Augenblick zum Feststellen der Helme. Zeit genug, vorbei zu huschen. Die Armisten hasteten hinterher und setzen ihre Waffen ein. Die Geschosse entpuppten sich als jämmerliche Pfeile, die keine Bedrohung darstellten. Man konnte damit weder weit schießen noch genau treffen. Min wich geschickt aus. Ein Soldat fluchte „Was für eine bescheuerte Idee des Leutnants?! Völlige Fehlentscheidung, diese Spielzeugwaffen einzusetzen. Total unfähig der Mann! Laserwaffen und Betäubungspfeile wären angebrachter."

Min raste auf dem Skateboard davon. Es hatte keine Räder. Stattdessen ermöglichte ein Luftkissen, dass es über dem Sand schwebte. Man konnte somit problemlos vorankommen und sogar Unebenheiten überwinden. Ansonsten funktionierte es wie ein gewöhnliches Skateboard. Heftig stieß sich Min mit dem Fuß ab und bewegte sich auf diese Art rasch vorwärts. Zum Glück für Min stand die Sandwand noch, die der Boss errichtet hatte. Das würde die Soldaten zumindest für einen Moment aufhalten. Der Sand könnte schließlich ihre Ausrüstung beschädigen. Da auch die Düsen des Skateboards, die das Luftkissen erzeugten, durch die Sandwirbel gestört werden könnte, sprang Min herunter und klemmte sich das Board unter dem Arm. Sogleich durchquerte sie die Wand. Für die Verfolger war sie kurz unsichtbar. Auf der anderen Seite stellte sie sich wieder auf das Brett und jagte weiter. Sie wollte nicht direkt zum Treffpunkt gelangen, sondern einen Umweg nehmen. Anderenfalls könnte sie ihre eigenen Leute allzu leicht verraten. Außerdem benötigten diese Zeit, um sich zu verstecken. Daher bog sie hinter der Sandwand in eine andere Richtung ab.

Das Hindernis brachte ihr, wie erhofft, einen Vorsprung. Allerdings holten diejenigen Soldaten, welche ebenfalls Skateboards benutzen, auf und hefteten sich an ihre Fersen.

Unterdessen ließ die Wirkung des Betäubungsgases nach. Die restlichen Soldaten stürmten zu ihrem Einsatzwagen und sprangen auf. Der Leutnant stand ihnen nur im Weg. Er versuchte Befehle zu erteilen, aber niemand hörte ihm zu. Der Einsatz lief ohne ihn viel besser. Die Männer gaben sich gegenseitig Kommandos und schon ging es los. Das Gefährt fuhr sanft auf Luftkissen über den Sand und wirbelte hinter sich eine Staubwolke auf. Es holte bald die Männer ein, die Min folgten. Mins Kräfte ließen langsam nach. Dem Fahrzeug würde sie nicht entrinnen können. Zu ihrem Glück setzte die Dämmerung ein. Endlich! Das gewünschte Versteck rückte in greifbare Nähe. Es lag gleich hinter der nächsten Kuppe. Sie warf sich in den Sand und rollte ein Stück den Hang hinunter. Für einen Moment war Min außerhalb des Sichtfeldes ihrer Verfolger. Hier mußte es sein! Sie tastete den Sand ab. Dann verschwand sie blitzartig unter einer Klappe in eine kleine Höhle. Diese bot gerade genug Platz für eine Person. Etwas Sand rutschte mit hinein. Für die Soldaten war sie wie vom Erdboden verschluckt. Sie wirkten ratlos. Wohin mochte Min nur entschwunden sein? Einen Teleporter hätten sie auf ihren Anzeigen bemerkt. Der Transport einer Person brauchte eine Menge Energie. Diesen Weg konnte sie also nicht genommen haben. Sie schalteten Ihre Ortungsgeräte ein, doch es gab kein Zeichen von ihr. Schließlich schwärmten sie aus und umkreisten das Gebiet, auf welchem sie Min verloren hatten. Sie suchten bis zum Anbruch der Dunkelheit, allerdings vergebens. Der Wagen brauchte schließlich neue Energie. Nach eingehender Beratung wurde entschieden, das Fahrzeug zurück zu den Priestern zu fahren, um aufzutanken. Die anderen bauten ein Notlager auf. Es könnte ja sein, dass sie noch irgendwo in der Nähe war. Die vollen Sauerstoffflaschen wurden abgeladen. Schon verschwand das Gefährt in einer Staubwolke.

Min lauschte angestrengt, ob man hören konnte, wo sich die Soldaten befanden. Es ließ sich jedoch nicht genau ausmachen. Somit lehnte sie sich erst einmal zurück. In einer Ecke fühlte sie einen Sack. Sie holte ihre Sonnenbrille heraus, mit welcher man auch in der Dunkelheit sehen konnte. In dem Behältnis waren eine Wasserflasche, Lebensmittelplättchen und eine Handvoll Heilblätter. Sie lächelte. Der Boss hatte definitiv an alles gedacht. Er war genial. Das kleinste Detail durchdachte er und bezog jegliche Eventualitäten ein. Für jeden möglichen Fall wurde ein Alternativplan entwickelt. Er hatte also in Erwägung gezogen, dass sie bis zu diesem Versteck kam. Sie stärkte sich und genoss das Wasser. So ließ es sich eine gewisse Zeit aushalten. Die Luft hier unten würde aber nur einen Tag reichen. Die Höhle war einfach zu klein. Sie überlegte unterdessen, wie man den Einsatzwagen außer Gefecht setzen könnte. Von ihm ging die größte Gefahr aus. Er fuhr zu schnell für einen Fußgänger oder Skater. Keine Chance, zu entkommen! Da kam ihr eine Idee. Sie besaß ja noch den Elektroschocker. Geschwind zerlegte sie ihn und baute ihn um. Das müsste funktionieren, dachte sie. Wenn das Fahrzeug dicht genug herankäme, würde sie das Gerät unter ihn werfen. Der Elektroschocker dürfte eine Fehlfunktion verursachen. Diese wiederum sollte eine Störung am Wagen hervorrufen und den Luftkissenantrieb außer Gefecht setzen. Die notwendige Reparatur ermöglichte ihr sicher die Flucht.

Stunden später war es tiefe Nacht. Die Soldaten müssten sich inzwischen beruhigt haben und müde sein. Eine gute Gelegenheit zu prüfen, wie die Lage war. Sie hob achtsam den Deckel an, nur zwei oder drei Zentimeter. Sand rieselte in die Höhle. Da hörte sie einen Geierschrei. Sie kannte das Geräusch und die Tonlage. Eindeutig der Boss! Aus hunderten von Geierschreien hätte sie ihn herausgehört. Er musste in der Nähe sein und die Umgebung beobachten. Der Ruf jedoch verhieß: ‚Unten bleiben, Gefahr!' Sie ließ den Deckel also wieder langsam herunter und wartete weiter. Es tat gut zu wissen, dass jemand aufpasste und sich um sie sorgte. Noch nie in ihrem Leben war ihr so bewusst, wie sehr sie dieses Gefühl die letzten Jahre vermisst hatte. Seit ihrer Kindheit passten beide gegenseitig aufeinander auf. Die Ereignisse schweißten sie eng zusammen. Was auch immer geschah, eines stand fest: er ließ niemanden im Stich. Wenn der Ausbruch nicht gelungen wäre, hätte er garantiert eine Lösung gefunden, sie dort herauszuholen. Ruhig lehnte sie sich zurück und ließ die Zeit verstreichen.

Nach einigen Stunden wagte sie einen neuen Versuch. Diesmal blieb alles still. Sie hob den Deckel daher weiter an. Nun konnte sie etwas erkennen, aber nicht nur wegen des Nachtsichtgerätes. Die Soldaten hatten Ihre Notzelte unweit vor ihr aufgebaut und tatsächlich ein Feuer angefacht. Wie unvorsichtig, dachte sie. Die Wachen, die sie hätten sehen können, waren zum Glück eingeschlafen. Sie kroch vorsichtig aus dem Versteck und zog das Skateboard hinterher. Die Klappe verschloss sie und verwischte sorgfältig die Spuren. Den Rest würde der Wind erledigen. Sie robbte empor bis zur Anhöhe des Hügels. Jetzt sah sie die anderen Wachen. Wenige Schritte zuvor, hatten sie ihr Versteck passiert und bewegten sich weiter voran. Der Abstand zwischen ihnen vergrößerte sich. Sie befand sich genau in ihren Rücken. So konnten sie Min nicht sehen. Eine gute Chance zu entfliehen. Sie krabbelte den Hang wieder herunter und legte sich auf das Skateboard. Mit den Händen stieß sie sich ab. Das ermöglichte ihr, geräuschlos dahin zu gleiten und kaum Spuren zu hinterlassen. An der anderen Seite des Hügels angekommen, beobachtete sie, dass der Wagen der Soldaten zurückkehrte. Nicht mehr lange und die Wachen würden durch ihn geweckt. Die Lage war günstig, denn der Einsatzwagen näherte sich seitlich und müsste hinter ihr einbiegen, um sie zu

74

verfolgen. Die ersten Sonnenstrahlen! Zeit zum Handeln! Sie musste hier schleunigst verschwinden. Min sprang auf das Skateboard und raste los. Über den Hügel kam sie noch, dann entdeckten sie die Soldaten. Diese folgten ihr augenblicklich. Das Fußvolk kam jedoch schlecht voran. Ihre Anzüge waren zu schwer. Zudem rutschten sie im Sand weg. Offenbar waren die Anzüge nicht für schnelles laufen konstruiert. In der Aufregung brauchten die Skater etwas länger zum Starten als gewöhnlich. Bis sie sich geordnet, die Skateboards ergriffen und darauf gestiegen waren, hatte sich Min ein gutes Stück entfernt. Aber kein Entkommen, denn das Fahrzeug steuerte direkt auf Min zu. Es näherte sich schnell und bog vor den Soldaten ein. Die Leute versanken in einer Staubwolke und hielten zwangsweise an. Hinter dem nächsten Hügel, warf sich Min in den Sand. Sowie der Wagen nah genug herankam, zielte sie genau und der umgebaute Elektroschocker flog direkt unter das Fahrzeug. Es blitzte. Der Wagen blieb ruckartig stehen und kippte schräg nach vorn. Der Treffer saß perfekt, offensichtlich war ein Luftantrieb defekt. Ihre Kalkulation ging besser auf als gedacht. Rechnete sie doch nur mit einer kurzen Störung. Die Reparatur dieses Schaden allerdings würde lange dauern. Sie sprang wieder auf das Skateboard und jagte weiter, denn die Soldaten kamen gefährlich nahe. In der Ferne huschte ein Schatten. Das musste der Boss gewesen sein. Hoffentlich hatten die Soldaten ihn nicht bemerkt! Offensichtlich wollte der Boss zu Hilfe eilen. Er hatte wohl nicht erwartet, dass es Min gelang, das Fahrzeug außer Gefecht zu setzen. Jetzt wo das Gefährt fahruntüchtig war, konnte er beruhigt zum Treffpunkt laufen. Sie mobilisierte die letzten Reserven und legte an Geschwindigkeit zu. Die verabredete Stelle rückte in greifbare Nähe.

*

Am Morgen weckten Lee und Han Nick. „Wach auf!" flüsterte Han, „Der Boss." Nick sah ihn nicht und fragte „Wo?" „Dort unten." Han zeigte auf die Stelle, an der sie am Tag zuvor gewesen waren. Jetzt, da Nick genauer hinschaute, bemerkte er ihn tatsächlich auch. Der Boss hatte die Decke noch übergestreift und lief geduckt. Man konnte ihn in der Tat kaum erkennen. Ein wirklich guter Sichtschutz. Nach wenigen Augenblicken erreichte er das Versteck. Der Boss legte sich neben sie. „Sie kommt." meinte er, „Aber die Soldaten sind direkt hinter ihr." Er holte sein Fernglas heraus und beobachtete die Gegend, aus der Min kommen müsste. Bald rauschte Min auf einem Skateboard heran. Eine Reihe von Verfolgern benutzen identische Bretter, die anderen folgten mit Abstand zu Fuß. Die Skater waren ihr dicht auf den Fersen, allerdings zu weit entfernt, um die Waffen benutzen zu können. Am Abgrund stoppte sie. Die Soldaten umringten sie schließlich. Min stieg keuchend von ihrem Skateboard ab. Langsam ging sie den Verfolgern entgegen und hob die zu Fäusten geballten Hände. Dem Boss stockte der Atem, Nick ebenfalls. Die ersten Männer senkten ihre Waffen. Sie schienen überzeugt, dass Min wieder eingefangen war. Plötzlich warf sie mit beiden Händen etwas zu Boden und dreht sich blitzartig um. Es fing sofort an zu qualmen und Sand wirbelte auf, was die Sicht versperrte. Die Soldaten standen völlig im Nebel. Sie nahm Anlauf und rannte unvermittelt gen Abgrund. Mit ganzer Kraft sprang sie direkt davor ab. Mit weit geöffneten Armen flog sie einen Moment und stürzte schließlich in die Tiefe. Min griff mit beiden Händen an ihren Rucksack und zerrte zwei Griffe hervor, an denen sie riss. Es öffnete sich ein flacher Gleitschirm. Dieser beförderte sie zunächst in die Höhe, bevor sie im Sinkflug, geschickt durch die Schlucht davon segelte. Einige Soldaten kämpften sich unterdessen durch den Wirbel aus Sand und Nebel vor zum Abgrund. Sie kamen jedoch zu spät. Min war längst außer Reichweite. Manche schleuderten wütend ihre Waffen auf die Erde. Das Szenario amüsierte den Boss. Er lachte leise vor sich hin: „Das ist meine kleine Wildkatze." Der Boss drehte sich zu Lee, Han und Nick und gab Handzeichen. Sie krochen langsam zurück.

Am Abgrund setzten sie sich auf. Sie packten ein Seil aus. Lee band sich ein Ende um und kletterte über den Rand. Der Boss ergriff das andere Ende und ließ ihn langsam hinunter. Als das Seil locker wurde, erfasste Han es und kletterte hinterdrein. Die Decke klemmte er zwischen Schulter und Tornister, damit sie nicht wegrutschte. Der Boss visierte Nick an und machte eine Kopfbewegung in die Richtung, in welche Han eben entschwunden war. Nick wurde mulmig. Er hatte doch Höhenangst! Aber es gab scheinbar nur diesen Weg! Lee und Han waren nicht lange unterwegs. So schlimm konnte es also nicht sein! Nick versuchte sich beim Abstieg von der Höhe abzulenken, obwohl es steil nach unten ging. ‚Du schaffst das! Bloß nach oben sehen, sonst wird dir schwindlig!' redete er sich ein. Nach einem guten Stück bemerkte er erleichtert, dass an dem Hang ein Eingang existierte. Lee und Han hielten das Seil straff. Eilig zerrten sie Nick zu sich. Der Boss ließ sich herunter. Nachdem auch der Boss die Höhle erreicht hatte, packten sie hastig die Decken und das Seil ein und folgten rasch dem Eingang ins Innere des Berges. Es offenbarte sich ein langer Gang, der sie tief nach unten führte. Nach geraumer Zeit wurde es dunkel. Der Boss nahm einen schmalen Stab heraus und zog daran. Ein Licht leuchtete auf. Sie stiegen tiefer und tiefer in die unterirdischen Gänge. Auf ihrem Weg kamen sie an Kreuzungen und Höhlen vorbei. Nick verlor nach Kurzem die Orientierung, unmöglich zu sagen, wie lange oder wie weit sie gegangen waren. Hunger und Durst quälten ihn erneut und die Sorge um Min. War sie sicher mit dem Gleitschirm gelandet? Würden sie sich wieder treffen? Die Männer wirkten ernster denn je, daher wagte Nick nicht zu fragen. Nach einem gewaltigen Marsch stiegen sie bergan. Das Licht des Stabes wurde schwächer. Dafür erhellten sich die Gänge. Nick traute seinen Augen kaum. In der Tat wartete Min in einer Höhle auf die Gruppe. Ein kleines Licht brannte und beleuchtete den Raum. An der Wand plätscherte Wasser. Der Boss atmete erleichtert auf. „Gut gemacht." meinte er zu ihr. „Es gestaltete sich leichter als erhofft." antwortete sie, "Der nächste Versuch wird garantiert schwerer. Merk dir bitte den Namen Torsten Weger. Es kann sein, dass er in Kürze bei uns landet, denn er hat mir geholfen."

Lee ließ sich erschöpft neben ihr nieder. Han stürzte

zur Wasserquelle. Doch bevor er daraus trank, hielt er inne. „Das ist ok, hab's schon geprüft." erklärte Min. Erfreut steckte Han seinen Kopf darunter und trank, soviel er konnte. Nick folgte seinem Beispiel. Nach dem Durstlöschen drehte er sich um und bemerkte, wie der Boss Min losließ. Er musste sie an sich gedrückt haben, zumindest schien es so. Oder hatte er sich geirrt? Daraufhin widmeten sich der Boss und Lee auch dem Wasser. Min verteilte wie immer die grünen Plättchen, als wäre nichts passiert. Sie prüfte danach die Bauteile. „Da fehlt etwas." meinte sie schließlich. Die Männer erstarrten und machten ernste Gesichter. So sagte sie schnell hinterher: „Keine Sorge, ich hab den Rest organisiert. Ihr müsst euch allerdings umdrehen, damit ich es rausholen kann." Der Boss lachte lauthals los. Sie kehrten ihr den Rücken zu. Der Boss lachte immer noch. Bis er sich beruhigt hatte, dauerte es eine ganze Weile. Es schien als wäre eine schwere Last von ihm gefallen. Wieder einander zugewandt, händigte sie ihnen eine Tüte aus, mit lauter winzigen Bauteilen. Die Männer packte es zu den anderen Sachen. Zuletzt aßen sie und legten sich schlafen. Einer hielt wie immer Wache.

*

Am nächsten Morgen ging es weiter. Nach einem kurzen Marsch traten sie aus dem unterirdischen Höhlensystem heraus. Es roch nach Salzwasser und Fisch. Nick konnte erst kaum sehen. Nach dem langen Weg in der Dunkelheit des Berges, taten in der strahlenden Sonne seine Augen weh. Er kniff sie zusammen, da erblickte er das Meer. Tief holte er Luft und atmete den Geruch ein. Eine Wohltat! Endlich Wasser zum Baden! Als er losrennen wollte, stellte sich Min in den Weg: „Nicht! Schau dich erst genauer um." Nick blinzelte noch und beäugte die Umgebung. Voller Entsetzen bemerkte er Massen von Fischskeletten jeder Größe soweit das Auge reichte. Der ganze Strand war übersäht. Dicht am Wasser lagen frisch angespülte tote Tiere. Geier machten sich daran zu schaffen. Mins Stimme drang an sein Ohr, „Das Meer ist schon lange kein guter Lebensraum mehr." Bevor sie dem Boss folgte, drückte sie Nick ein Stück Stoff in die Hand mit den Worten „Hier, binde dir das Tuch vor den Mund. Sonst atmest du Giftiges ein." Nick erstarrte zur Salzsäule, völlig schockiert. Lee und Han mussten ihn erst anschubsen, damit er sich vorwärts bewegte. Nick spürte den Mundschutz in seiner Hand. Da alle anderen ein Tuch vor den Mund banden, tat er es ebenso.

Sie liefen lange am äußersten Rande des Strandes entlang und wählten hernach einen Trampelpfad durch die Dünen. Es ging nun bergan. Das Gelände wurde steinig. Endlich kein Sand mehr! Die Berge neben ihnen wurden niedriger und flacher. Sie nahmen schließlich einen schmalen Weg nach oben. Dieser führte sie durch die Felsen, die steil links und rechts aufragten. Bisher prüften sie stets, ob ihnen jemand folgte. Das war hier unmöglich. Oben angekommen, konnte man das Gebiet wieder gut übersehen. Erfreulicherweise schien ihnen tatsächlich kein Soldat gefolgt zu sein. Sie bewegten sich vom Strand weg, weiter in die Hochebene hinein. Die Erde war völlig vertrocknet, kein Strauch weit und breit, nicht einmal ein Halm. An unzähligen Stellen brach der Boden auf. Sie wanderten viele Tage. Min verteilte letztlich andersfarbige Plättchen. Die grünen Lebensmittelplättchen waren offensichtlich aufgezehrt. Sie wies Nick darauf hin, dass die farbigen Plättchen nicht lange sättigen, dafür etwas Eigengeschmack besitzen würden. Nick meinte, dass die roten fruchtig schmeckten. Die gelben müssten aus Mais hergestellt sein. Ihre Vorräte wurden augenscheinlich weniger. Hoffentlich erreichten sie bald das Ziel oder zumindest einen Ort, an dem man Nahrung organisieren konnte.

*

Als sie am darauffolgenden Morgen alles zusammen gepackt hatten, sprang Han herbei und brüllte aufgeregt „Kopfgeldjäger!" Aber zu spät zum Reagieren oder Schutzmaßnahmen zu ergreifen! Finstere, bärtige Typen umringten sie und bedrohten sie mit ihren Schwertern. Lee und Han zögerten keine Sekunde, ebenso der Boss. Sie fassten hinter sich und rissen ihre Waffen heraus. Sogleich stellten sie sich schützend um Min und Nick. Natürlich, dachte Nick, die Griffe an den Tornistern gehören zu japanischen Schwertern. Zwischen den Männern entbrannte ein Kampf auf Leben und Tod. Einige drangen bis zu Min und Nick vor. Mit geübten Schlägen und Tritten setzte sie sich zur Wehr. Jeder Schlag ein K.O.-Treffer. Nick staunte. Diese Technik lehrte er nicht. Im Gegenteil, so etwas hatte er noch nie gesehen. Die Hände zu Krallen geformt. Und die Sprünge erst, mit Salto oder Rolle und dann wieder geduckt, fast auf der Erde liegend. ‚Ich wusste es!' dachte er. Ein bärtiger

Kopfgeldjäger steuerte ihn direkt an. Min schrie Nick an „Los, wehr' dich!" Nick erwachte endlich aus seiner Starre und schlug sich nach bestem Wissen und Gewissen. Im Training zu Hause durfte es keine ernsthafte Berührung geben, doch hier musste jeder Hieb sitzen. Das erwies sich leichter als gedacht, wie Nick feststellte. Schließlich besaß er den schwarzen Gürtel in Karate. Tapfer wehrte er sich gegen die Angreifer. Es gelang ihm zwischendurch sogar, Han und Lee zu helfen. In einem Ruhemoment sah er, wie Min mit einem Sprung und kräftigen Fußtritten zwei Männer niederstreckte. Nick war sprachlos. Ganz klar, in ihr steckte mehr, als sie im Training zeigte. Jedoch blieb keine Zeit lange zu verweilen, denn der nächste Gegner kam bedrohlich nah. Plötzlich schrie Min: „Achtung! Hinter dir Boss!" Alle Augen richteten sich auf ihn.

Zwei Angreifer hielten den Boss in Schach. Ein dritter hatte sich in den Rücken des Bosses vorgekämpft und hob sein Schwert, um zuzustechen. Er holte aus und hieb zu. Mit einem Hechtsprung und einem Satz stand Min zwischen den beiden. Zu spät für eine Drehung mit Fußtritt, den sie offenbar plante. Der Angreifer konnte aber auch nicht mehr stoppen und das Schwert durchbohrte sie von hinten nach vorn. Mit einem lautlosen Schrei hielt sie inne. Der Angreifer stand erst wie versteinert da. Dann riss er das Schwert wieder aus ihr heraus. Sie sank auf die Knie und presste die Hände auf die Wunde. Dem Mann stand das Entsetzen ins Gesicht geschrieben. Jemand schrie „Verdammt, wir wollten doch das Mädchen! Das Kopfgeld galt ihr – lebend!" Außer Stande, nur die kleinste Reaktion zu zeigen, verharrte er. Der Boss sah Min und stieß einen Schrei aus, wie ein Tier. Er griff hinter sich und zog sein zweites Schwert heraus. Mit singender Klinge wirbelte er beide herum und ließ diese durch die Angreifer gleiten. Ein Hieb trennte den Kopf ab und der andere spaltete den Körper, als wären keine Knochen vorhanden. Augenblicklich schwang der Boss sich weiter herum und mit gekonnten, blitzschnellen Attacken streckte er die restlichen Angreifer nieder. Seine Schwerter zerteilten ausnahmslos, was sich ihm entgegenstellte. Lee und Han sprangen gleichzeitig zu Nick und rissen ihn mit sich runter, in letzter Sekunde, bevor die Klingen des Boss' über ihnen kreisten. Wenige Minuten später waren alle Angreifer tot. Selbst auf die am Boden Liegenden stach er noch einmal ein. Zuletzt stieß der Boss erneut einen Schrei aus. Lee und Han rappelten sich auf und rannten zu Min. Sie saß immer noch auf ihren Knien und brachte kein Wort hervor. Beide Hände presste sie auf die blutende Stelle. Sie bewegte die Lippen. „Notverband. Die Blätter, richtig." rief Lee, der von ihren Lippen abgelesen hatte. Er kramte in ihrem Rucksack und holte eine Handvoll Blätter und eine Salbe heraus. Nick und Han drückte er je ein paar in die Hand. Han schaute Nick an und erklärte „Kauen, aber nicht runterschlucken" Lee kaute kräftig auf den Blättern und spuckte dann die Masse in seine Hand. Sogleich stopfte er sie in die Wunde. Er streckte seine Hand aus. Han spie seine zerkaute Masse darauf und Lee fügte sie zu den anderen zerkauten Blättern. Danach strich er eine dicke Schicht Salbe über die Stelle. Diese trocknete sofort. Lee hielt die

Hand vor Nick. Dieser entleerte seinen Mund. Die Blätter schmeckten scheußlich bitter. Lee drückte sie in die Verletzung an Mins Rücken. Zuletzt kam ebenfalls die Salbe darüber. So blutete sie zumindest nichts mehr. Was nun? Panik ergriff Nick. Hier gab es keinen Notarzt! Wird sie jetzt sterben?

Der Boss wischte in der Zwischenzeit das Blut von seinen Schwertern und steckte beide wieder ein, ehe er zu ihnen herüber kam. Ohne Zögern packte er Min bei den Schultern und stellte sie auf die Füße. Doch ihre Beine versagten. Der Moment genügte jedoch, dass der Boss unter ihren Arm fassen konnte. Die andere Hand schob er unter ihre Knie. Er hob sie vorsichtig hoch. Ihr Kopf legte sich auf seine Schulter und der Arm hing schlaff herunter. „Wir haben keine Zeit zu verlieren." ließ er verlauten und schritt zügig los. Während Lee und Han die Toten hastig nach Lebensmitteln und brauchbaren Waffen durchsuchten, fragte Han den Boss: „Nach Hollow?" „Zu weit." antwortete der Boss, „Ich weiß etwas Besseres." Lee rüttelte Nick an den Schultern und gab ihm noch einen Schubs, damit der sich vorwärts bewegte. Sie jagten dem Boss hinterher. Der legte noch einen Schritt zu. Die Männer hatten Mühe, ihm zu folgen. Zum Teil mussten sie rennen. Er lief zielgerichtet, ohne Pause. Die Männer hielten immer wieder erschöpft inne, um zu verschnaufen. ‚Unglaublich!' dachte Nick, ‚Dieser Typ kann kein Mensch sein. Niemand würde jemanden so lange, so leicht tragen können und dabei noch so schnell laufen.' Er erinnerte sich, wie sie sich unlängst mit Han quälten. Sicher wog er mehr als Min, trotzdem erschien es unnatürlich. Der Boss marschierte unaufhaltsam voran.

Als es dämmerte rief Lee ziemlich atemlos „Boss, wir müssen eine Pause einlegen. Sie braucht bestimmt auch Wasser." Es war das erste Mal, dass jemand, außer Min, eine Forderung stellte. Der Boss blieb stehen und drehte sich zu den anderen um. Er kam ein Stück zurück. Große Sorge stand in seinem Gesicht geschrieben. Lee riss die Decke aus dem Tornister und breitete sie aus. Der Boss legte Min vorsichtig darauf. Er versuchte ihr Wasser einzuflößen. Sie vermochte jedoch nicht zu schlucken, denn sie hatte längst das Bewusstsein verloren. „Wir müssen weiter. Bis morgen früh warten, das schafft sie nicht." meinte er, „Ich werde vorausgehen und ihr kommt nach. Wenn ihr in Richtung Sektor N13-09 lauft, kommt ihr direkt daran vorbei. Das Zeichen von Freeland ist unübersehbar." „Wir bleiben zusammen." beschloss Han, „Allerdings brauchen wir Zeit zum Ausruhen, eine kurze Rast." Der Boss gewährte sie. Die Männer aßen schnell von den restlichen Plättchen und tranken das letzte Wasser. Dann holten sie ihre Sonnenbrillen heraus. Nick wunderte sich, was das sollte. Aber als er seine aufsetzte, stellte er erstaunt fest, dass man damit im Dunkeln sehen konnte, wie mit einem Nachtsichtgerät. Der Boss hob Min wieder vorsichtig auf. Er benutzte erneut den Griff wie zuvor, seine rechte Hand unter ihrem Arm, über den Rücken, ihren Oberarm umfasst. So konnte sie nicht wegrutschen. Ihren Kopf legte er auf seine Schulter. Vorsichtig fasste er mit der linken Hand unter ihre Knie. Mit großen Schritten eilte er voraus. Die Männer packten zügig die Sachen zusammen, ehe sie ihm folgten.

Spät in der Nacht erreichten sie ein geschütztes Gelände. Sie stiegen über eine Steinmauer. Nick streifte beinahe einen Pfahl mit einem seltsamen Zeichen darauf, welches Strahlen ähnelte. Was war das? Ein Wegweiser? Nun sprangen sie über einen niedrigen Steinzaun. Dahinter erhob sich eine Felswand. In der Mitte erkannten sie eine Tür. Der Boss war bereits angekommen. Er stieß mit dem Fuß gegen ein schweres Eisentor, dass es donnerte. Da nichts passierte, wiederholte er es. In der Zwischenzeit holten ihn die anderen keuchend ein. Da öffnete sich ein kleines Guckloch und jemand sah hindurch. Sogleich wurde die Tür aufgerissen. Ein Greis mit weißen Haaren und weißem Bart stand vor ihnen, nur mit einem Schlafgewand bekleidet. Hinter ihm brannte Licht. Er setzte seine runde Brille auf und sagte erschrocken „Um Himmels Willen, kommt schnell herein." Augenblicklich drehte er sich um. Hinter der Tür führte eine Treppe nach oben, die er hinauf rief „Heda, Liebes, komm schnell herunter!" Sofort öffnete er eine weitere Tür und schaltete helles Licht an. „Hier her." sprach er weiter. Die Männer traten ein. Eine alte Dame kam die Treppe herunter, während sie sich einen Umhang überzog. Ihre langen, weißen Zöpfe warf sie nach hinten, als sie ihren Kragen richtete. Bevor sie die Männer begrüßte, schloss sie die Tür erst sorgfältig, nicht ohne sich kurz umzusehen. Noch einmal kontrollierte sie, ob die Verriegelung korrekt war. Danach trat sie zu den anderen in den lichterfüllten Raum. Nick erkannte eine Art Operationssaal, nur viel kleiner. In der Mitte stand eine Liege. Der Boss hatte Min bereits dort abgelegt. Der Greis untersuchte sie. Die alte Dame trat herein und schlug die Hände zusammen, „Um Himmels Willen, unser kleiner Engel." „Es steht sehr schlecht um sie." meinte der Greis trocken, „Schau nach, was wir noch an Salzlösung, Medikamenten und Blut haben, Liebes." „Es war ein maorisches Schwert." erklärte der Boss. Der Greis wirkte sichtlich entsetzt, „Dann könnte noch Gift im Spiel sein. Heda, bring gleich noch etwas mit für den Test." Die alte Dame stürzte los, durchsuchte diverse Schubladen und nahm das eine und andere heraus. Darauf sagte sie „Kein Blut mehr da." Der Greis holte zwei Beutel und diverse Schläuche. Er baute eine Apparatur mit einer Pumpe auf. Danach breitete er medizinische Geräte aus. „Ich brauche Helfer." äußerte er zu den Männern, „Zeigt mir eure Hände!" Sie streckten prompt ihre Hände hin. Nicks erwiesen sich erstaunlicherweise am zierlichsten. Der Greis wählte ihn aus. Seine Anweisungen folgten: „Stell dich rechts neben mich. Ich öffne gleich den Notverband. Sie wird fürchterlich bluten. Du musst den Schlauch in die Wunde hineinhalten und zwar so, dass ich noch etwas sehen kann. Boss, du bedienst die Pumpe. Drück sie immer schön gleichmäßig zusammen. Wir müssen so viel wie möglich auffangen, denn wir brauchen jeden Tropfen. Heda, Liebes, du nimmst Blut ab und testest, ob es bekannte Gifte enthält." „Wir haben nur noch eine Packung Salzlösung, das muss reichen." meinte sie. „Also los." entgegnete der Greis. Heda setzte eine Kanüle bei Mins Arm an und befestigte daran den Schlauch mit der Salzlösung. Der Greis öffnete, wie angekündigt, den Notverband.

Sogleich blutete die Wunde wie erwartet. Nick hielt den Schlauch in die Wunde. Der Boss pumpte kräftig. Der eine Beutel füllte sich schnell. Heda sprang herbei, nahm etwas Blut ab und begann mit den Tests. Der Greis war ein Profi. Mit ruhigen Händen klemmte er Adern und Venen ab und nähte zusammen, was zusammengehörte. Heda teilte das Ergebnis mit: „Kein Gift." Sofort eilte sie herbei und hängte den leeren Beutel in die Pumpe. Sie nahm den blutgefüllten mit. Rechtzeitig, bevor die Salzlösung aufgebraucht war, tauschte sie die Behältnisse aus. So ging es einige Male. Der Greis bekam alles in den Griff. Die Blutungen ebbten ab. Er drehte sie schließlich auf die Seite. Der Boss griff zu und stützte sie mit seiner Hand, damit sie nicht wegrollen konnte. „Jetzt noch den Rest." sagte der alte Mann. Nick stopfte nun den Schlauch in die Verletzung am Rücken. Endlich war es vollbracht und die Blutung gestoppt. Als der letzte Tropfen Blut aus dem Beutel gelaufen war, baute Heda die Konstruktion ab. Sie trat zu dem Greis und sprühte mit einem Pumpspray eine gelbe Substanz auf die offenen Wunden. Der Greis nähte sie anschließend zu. Heda säuberte die frischen Nähte. Der Boss durfte loslassen. „Sie hatte noch einmal Glück. Einen Zentimeter weiter rechts oder links und es wäre aus gewesen. Jetzt müssen wir uns gedulden." erklärte der Greis, „Mehr können wir im Moment nicht tun." Heda wandte sich an den Greis „Chan, bringen wir sie doch in Lis' Zimmer. Vielleicht hilft es ja." „Gute Idee, Liebes." antwortete Chan. Er sah den Boss an. Der verstand, was zu tun war und hob Min vorsichtig hoch. Heda ging voran: „Hier entlang bitte." Der Boss folgte ihr. Die anderen liefen betreten hinterher. Nur Chan blieb zurück und räumte den Operationssaal auf.

Nick traute seinen Augen kaum. Ein richtiges Zimmer mit einem richtigen Bett an der Seite! Gegenüber standen ein Tisch und ein Stuhl. Eine Lampe erhellte den Raum. Der Boss legte Min vorsichtig auf das Bett und setzte sich daneben auf den Boden. Alle anderen standen stumm und starrten Min an. Heda sagte schließlich „Meine Lieben, so schnell geht das nicht, sie braucht jetzt viel Ruhe. Ihr solltet euch auch entspannen. Habt ihr schon etwas gegessen? Sicher habt ihr Hunger." Sogleich verschwand sie aus der Tür und kam nach kurzer Zeit mit einem Tablett zurück. Darauf stand eine Wasserkanne und ein Körbchen mit Fladenbrot. Eine Wohltat nach dem Marsch und der Nacht. Lee und Han ließen sich am Boden nieder. Nick nahm sich den Stuhl. Heda setzte sich zu Min aufs Bett und hielt ihre Hand. Mit der anderen Hand fühlte sie den Puls. Er war sehr schwach. Sie warteten. Keiner wagte zu sprechen.

„Sie wird doch durchkommen?" fragte Nick letztendlich. Heda bekreuzigte sich und antwortete mit besorgter Miene „Das liegt in Gottes Hand." und wandte sich wieder Min zu. Der Boss stieß trotzig aus „Scha ne ta!" Heda zuckte zusammen und rief dann aus „Sprich weiter!" „Was?" fragte der Boss. „Nein." antwortete Heda, „Sprich in deinem Dialekt zu ihr. Ihre Augen bewegen sich, wenn du sprichst. Überzeuge dich selbst." „Und nimm ihre Hand." fügte sie noch hinzu. Der Boss musterte sie ungläubig. Er nahm trotzdem Mins Hand und begann in dieser seltsamen

Sprache zu reden. Ihre Augen bewegten sich unter den Lidern. Ihr Atem wurde stärker. „Gut so." lobte Heda. „Sag ihr, dass sie keinesfalls aufgeben soll und dass wir sie brauchen." Der Boss verstand und zögerte keinen Moment. Er redete auf Min ein und drückte ihre Hand fest. Heda fasste die andere Hand.

Chan trat herein und erkundigte sich „Wie geht es unserem Engel?" Heda ließ Mins Hand los, stand auf und machte Platz für Chan. „Der Puls wird stärker." teilte sie ihm mit. Dennoch ging er zu ihr und überzeugte sich selbst. „Gut." meinte er schließlich, „Wir müssen uns nun umziehen. Die ersten Patienten werden bald kommen." Dann wandte er sich an die Männer: „Ihr bleibt besser in diesem Zimmer und kommt nicht herunter. Falls etwas sein sollte, drückt auf diesen Knopf." Er zeigte auf einen Schalter neben dem Bett, „Wir schauen ansonsten nachher vorbei. Es ist besser, wenn niemand weiß, dass ihr hier seid." Danach verließen Heda und Chan dem Raum. Später hörten sie, wie das Eisentor geöffnet wurde und scheinbar jede Menge Leute eintrafen.

Die Verbliebenen saßen da, bedrückt und stumm, nur der Boss redete weiter leise auf Min ein. Han legte sein Ohr an die Tür und lauschte, ob jemand die Treppe heraufkam. Aber alles war in Ordnung. Niemand kam zu ihnen. Am meisten faszinierte Nick, dass der Boss so viel zu reden vermochte. Sonst sprach er nur das Nötigste. Er grübelte, was der Boss ihr wohl erzählte. Sie kannten sich offensichtlich gut.

Die Lampe erlosch, trotzdem wurde der Raum taghell, dabei gab es kein Fenster. Vergeblich suchten Nicks Augen nach der Herkunft der Lichtquelle. Unten entwickelte sich ein ziemlicher Trubel. Sie wagten nicht, die Tür zu öffnen. Nach ein paar Stunden huschte Heda herein. Sie brachte wieder Wasser und Essen, diesmal in einem Beutel, unter ihrer Kleidung versteckt. Heda trug nun eine lange Weste, die mit einem Gürtel zusammengebunden war, darunter eine knallbunte Bluse. Ihre Haare verbarg sie unter einer Haube. Heda kümmerte sich um Min und prüfte die Wunde. Danach legte sie ihre Hand sanft auf die Schulter des Boss. „Mein lieber Junge." begann sie, „Min wird es schon schaffen. Versuch bitte, ob du ihr Wasser einflößen kannst. Ich zeig es Dir." Sie nahm einen kleinen Stoffbausch und tauchte ihn in eine flache Wasserschale. Den vollgesogenen Bausch drückte sie vorsichtig auf Mins Lippen. Min schien zu schlucken. Der Boss nahm die Schale und den Stoff- bausch und probierte es. Es klappte. Heda strich lie- bevoll über Mins Wange und über ihre Haare, bevor sie den Raum verließ. Nick schaute ihr hinterher. ,Mein lieber Junge.' hatte sie gemeint. Er wunderte sich. Wie konnte sie so etwas sagen? Er war doch ein harter Mann, ein Riese, der Boss!

Gegen Abend verstummten unten die Geräusche. Sie hörten, wie das Eisentor geschlossen wurde. Chan und Heda betraten das Krankenzimmer. Chan wirkte sehr müde. Dennoch untersuchte er gründlich Mins Wunde. Er setze sich schließlich auf den Bettrand und schien zufrieden mit dem Stand, zumindest für die gegebenen Umstände. Heda stand neben ihm und legte ihre Hand auf seine Schulter. Es herrschte Stille. Die ganze Zeit grübelte Nick vor sich hin. War dieser Engel ihr Kind? Am Ende durchbrach er die Stille: „Ist

Min ihre Tochter?" Hedas Augen füllten sich mit Tränen, tapfer antwortete sie „Nein. Wir hatten eine Tochter. Sie hieß Lis und war unser einziges Kind. Früher lebten wir in der schützenden Glocke, in Highland. Chan arbeitete in einer berühmten Klinik. Sein Ansehen als Arzt wuchs stetig, bis Lis krank wurde. Sie bekam diese schreckliche Seuche, die unheilbar ist. Wir wurden brutal, zusammen mit anderen Kranken, aus der Gemeinschaft verstoßen." Sie machte eine kurze Pause und fügte hinzu, „Sie haben uns in der Wüste ausgesetzt, ohne Wasser, einfach so." Heda hielt sich den Mund zu und konnte nicht weitersprechen. Tränen rannen ihre Wangen herunter. Chan fuhr an ihrer statt fort: „Min hat uns damals aufgelesen und hierher gebracht. Sie hat sich um uns gekümmert. Lis ging es damals sehr schlecht und auch den anderen ging es nicht gut. Mir fiel damals gleich auf, dass Min gesund blieb, trotz des engen Kontaktes mit den Kranken. Die anderen starben nacheinander. Sie aber blieb gesund. Es hat mich große Mühe gekostet, sie zu überreden, mir ein paar Tropfen ihres Blutes zu geben. Ich fand nach langer Suche einen Antikörper und versuchte ein Heilmittel herzustellen. Heda und ich steckten uns in der Zwischenzeit an. Wir probierten das Mittel aus. Bei Heda und mir half es. Für Lis war es leider zu spät. Wir konnten sie nicht retten." Er unterbrach, denn der Boss musterte ihn finster. Inzwischen hatte Heda sich gefasst und erzählte weiter: „Min half uns damals sehr. Sie brachte den Boss und unzählige Leute hierher. Jene bauten damals diese Steinbehausung für uns. Ohne eure Hilfe hätten wir aufgegeben." Heda betrachtete den Boss liebevoll. Einen Moment später fuhr sie fort „Min brachte hin und wieder Verletzte und Kranke verschiedener Clans zu uns. Es sprach sich schnell herum, dass Chan ein guter Arzt ist. Der Boss und seine Leute sorgten dafür, dass dieser Platz ein neutraler Boden wurde. Obwohl manche Clans Todfeinde sind, bei uns vertragen sie sich. Es kommen immer wieder Leute, die unsere Hilfe benötigen. Sie bringen im Gegenzug Lebensmittel oder Waren mit, wie Stoffe, Krüge, Medikamente oder dergleichen." Chan ergriff Hedas Hand und drückte sie fest. Er wirkte sehr betrübt. Heda fiel plötzlich etwas ein „Min sang damals immer ein Kinderlied für Lis. Ich glaube es ging so ..." Sie stimmte das Lied an, in der fremden Sprache, soweit sie sich erinnerte. Der Boss schmunzelte zwischendrin. Sie musste einige Worte wohl falsch ausgesprochen haben, aber er verbesserte sie nicht. Als sie sich zu Min umdrehte, brach sie abrupt ab. Sie schlug die Hände vor die Brust. Min bewegte ihre Finger und öffnete für einen Moment die Augen. Es gelang ihr jedoch nur den Kopf zur Seite zu drehen, bevor ihr die Augen wieder zu fielen. „Jetzt wird alles gut." stieß Heda hervor und brach in Freudentränen aus.

Der Boss drückte Mins Hand und stand auf. „Gut." sagte er, „Nun wird es für uns Zeit weiter zu ziehen. Es warten eine Menge Leute auf uns." „Oh nein!" rief Chan in strengem Ton, „Keinesfalls mit ihr! Sie braucht mehrere Tage, bis sie wieder laufen kann. Und du kannst sie unmöglich umher tragen, falls du das vorhaben solltest!" Der Boss überlegte einen Moment, „Han, dann bleibst du bei ihr und passt auf sie auf. Nick du auch. Lee, du kommst mit mir." Er wandte sich an Chan und Heda: „Wir sind bald zurück und holen sie ab." Sehr eindringlich betonte er noch einmal „Ich verlasse mich auf euch!" Heda erfasste seinen Arm und nickte ihm zu „Du kannst auf uns zählen." Der Boss fixierte Chan. Der antwortete rasch „Von uns erfährt keiner ein Sterbenswörtchen. Versprochen." Han und Lee öffneten hastig ihre Tornister und packten die Sachen um. Der Boss drehte sich ein letztes Mal zu Min und strich ihr zärtlich übers Haar. Sogleich ging er los. Lee schnappte sich seinen Tornister und sprang hinterher. Heda lief ihnen nach: „Meine Lieben, so könnt ihr nicht gehen! Ihr müsst euch Nahrung mitnehmen und Wasser. Wenigstens solche Plättchen, wie ihr sie habt!" Chan strich sich über seinen Bart und sah den verblüfften Nick an. „So ist er eben, immer rastlos." brummte er nachdenklich. Man hörte unten die Eisentür und Hedas Stimme „Nehmt das! Das reicht sicher für ein paar Tage." Danach waren sie fort.

*

Min ging es am nächsten Morgen besser. Sie wachte auf und konnte etwas zu sich nehmen. Aber sie war zu schwach, um sich aufzurichten. Es dauerte in der Tat Tage, bis sie wieder einigermaßen auf den Beinen war. Han ließ sie keine Sekunde aus den Augen. Er umsorgte sie, wie eine überfürsorgliche Mutter. Zweifellos fühlte er sich an ihrer Verletzung schuldig. Er hatte ja Wache und die Angreifer zu spät bemerkt.

Nick genoss die Entspannung nach den letzten aufregenden Tagen. Ihm kam es fast wie ein Zuhause vor. Tagsüber verhielten sie sich still in ihrem Zimmer und schliefen nachts. Vorsichtshalber gesellten sich Chan und Heda erst abends zu ihnen, wenn die Eisentür geschlossen war. Sie blieben einige Zeit bei ihnen, bevor sie sich schlafen legten. Die beiden waren ein wirklich liebenswertes Paar. Heda erzählte gern Geschichten aus ihrem Leben und von den Missgeschicken, die ihnen widerfahren waren. Nur wenn es um Min oder den Boss ging, wurden sie abrupt still. Chan schien sehr bedrückt. Nick interessierte es dafür immer mehr. Was war mit Min und dem Boss? Etwas Schlimmes musste geschehen sein. Aus Han konnte Nick keine Information herausbekommen. Er wich jedweder Frage aus. Chan ignorierte seine Fragen einfach und zeigte ihm stattdessen voller Stolz ihre Behausung. Es waren drei Etagen. Im Keller gab es eine kleine Quelle. Das Wasser floss durch mehrere Filter und war dann klar und sauber. Ein raffiniertes Spiegel-Tunnelsystem brachte Tageslicht in die Räume. Es ermöglichte ihnen, unter der Erde Kräuter und ein paar Pflanzen zu züchten. Außerdem lagerte sie hier ihre Vorräte. Im Erdgeschoss waren der Operationssaal, ein Behandlungszimmer sowie eine Art Küche. Oben waren die Schlafzimmer. Chan und Heda lebten in der Tat ein erfülltes Leben. Irgendwann war Nick allein mit Chan. Er bohrte noch mal nach. Was bedrückte Chan so sehr? Schließlich brach es doch aus ihm heraus „Ich werde mir niemals verzeihen können, ihr Geheimnis, das Heilmittel, verraten zu haben. Damals habe ich wirklich geglaubt, dass sie uns zurück nach Highland lassen würden. Wenn ich gewusst hätte …" Er atmete schwer und brachte kein weiteres Wort hervor. Chan wandte sich von Nick ab und eilte davon. Nick starrte ihm mit offenem Mund hinterher. Dieser Mann trug die Schuld daran, dass Min gejagt wurde?! Nick war völlig fassungslos.

Bald schmierte sich Min die silberne Salbe auf die Wunde und reparierte ihren Anzug. Han half ihr. Es handelte sich um dieselbe Paste, die er selbst auf seine Beulen bekommen hatte. Das Silber schimmerte bei ihm nur noch an wenigen Stellen durch. An den anderen Bereichen war es verschwunden und von den Beulen nichts mehr zu sehen. Es war, als wäre nie etwas gewesen. Nick nahm sich vor, sich nicht weiter zu wundern. Min kontrollierte schließlich ihren Rucksack, füllte die Wasserflaschen und packte Lebensmittelplättchen ein. Sie schien offensichtlich bereit, wieder loszuziehen. Han folgte ihrem Beispiel. Chan und Heda gaben mehrmals zu verstehen, dass sie mit den Plättchen gar nichts anfangen mochten. Min versuchte ihnen klar zu machen, dass diese haltbarer und nahrhafter waren, als alle anderen Lebensmittel. Sie nahmen zudem kaum Platz ein. Aber Chan und Heda ließen sich nicht überzeugen. Zumindest erreichte sie, dass sie versprachen, sich für den Notfall reichlich damit zu bestücken.

Am folgenden Abend klopfte jemand an das Eisentor. Chan schaute vorsichtig durch das Guckloch der Tür. Mit Erleichterung identifizierte er den Boss und Lee. Chan gewährte ihnen Einlass. Der Boss trug einen großen Sack auf dem Rücken, den er nun abstellte: „Wenn ihr etwas braucht, lasst es mich wissen." Chan verriegelte erst sorgfältig die Eisentür hinter ihm und öffnete dann den Sack. Er packte voller Verwunderung lauter Medikamente, Verbandszeug und verschiedene Tinkturen aus. „Mein Gott! Heda! Was für Schätze!" rief er aus und drückte ihr einige Sachen in die Hand. Sie war zusammen mit den anderen inzwischen heruntergekommen. Voller Glück fiel Heda dem Boss um den Hals, so gut es ging, denn sie war mindestens zwei Köpfe kleiner. Chan wischte sich Tränen aus den Augen. Zuletzt brachten sie die Sachen in ihr Vorratslager und verstauten sie sicher. Nick half ihnen.

Aus dem Keller zurückgekehrt, schien es Nick als habe der Boss eben Min umarmt. Er hielt sie bei den Schultern. Nick war sich nicht sicher, richtig gesehen zu haben. Zumindest redeten sie leise miteinander. Sie sah besorgt aus. Er sagte ungeduldig „Wir müssen gehen." Han und Lee standen abmarschbereit am Eisentor, die Tornister umgeschnallt. Der Abschied fiel ihnen schwer. Min drückte Chan und Heda ein letztes Mal und bedankte sich. Heda entgegnete „Das war das Mindeste, was wir tun konnten. Wir verdanken dir so viel, mein liebes Kind."

Schon standen sie draußen. Man hörte das Schnappen der Verriegelung. Nur das Guckloch blieb noch offen. Der Boss setzte seine Nachtsichtbrille auf und ging los. Die anderen folgten ihm. An der Steinmauer angekommen, drehte sich Min ein letztes Mal um und winkte. Dann verschwanden sie in der Nacht.

*

Im Morgengrauen ließ sich die Gegend besser begutachten. Hohe Berge ragten um sie herum. Der Weg wurde schmaler, daher mussten sie hintereinander gehen. Nick kam es vor, als liefe der Boss langsamer als sonst. Min hielt gut mit, trotz der Verletzung. Die

Berge waren von dunklen Wolken umgeben. Bedrohlich türmten sie sich weiter auf. In der Ferne donnerte es. Han blickte gen Himmel und meinte „Das gibt noch ein schönes Unwetter." Nach einer kurzen Rast warf der Boss Han ein Seil zu. Dieser begriff sofort, was zu tun war. Er schlang das eine Ende um Mins Hüfte und das andere um sich selbst. Das Seil hing locker zwischen ihnen. Lee band sich und Nick ebenfalls daran, so dass sie eine Viererkette bildeten. Dabei erklärte Lee: „Wir kommen gleich in ein zerklüftetes Gebiet. Die Gefahr abzustürzen ist sehr groß. Falls jemand abrutschten sollte, könnten die anderen helfen, denn einer findet immer Halt. In der Nähe des Passes gibt es eine sichere Höhle, die wir erreichen wollen." Insgeheim dachte Lee an die Wolfshunde und die Bande, die sich in den Bergen umhertrieb. Die Mitglieder dieses Clans waren gerissene Jäger. Man wusste nie, wie viele es waren, denn sie teilten sich stets in Fünfergruppen auf. Zusammen umzingelten sie ihre Beute und eine Gruppe schlug zu. Wenn man meinte, ihnen entkommen zu sein, musste man feststellen, dass man in der Falle saß. Bei Heda und Chan hatten sie beraten, ob es besser wäre, Nick einzuweihen. Er hatte schon mehr miterlebt, als gut für ihn war. Als Min verletzt wurde, geriet er in Panik. Würde er die neuen Kenntnisse verkraften? Letztlich waren sie sich einig: Nicks Reaktion erschien unberechenbar! Keine Informationen! Mit etwas Glück würden sie weder den Tieren noch der Bande begegnen. Unnötig Nick zu beunruhigen. Sicherheitshalber sollte der Boss vorausgehen, sobald sie das Revier der Bande erreichen würden. Lee versuchte seine Gedanken abzuschütteln und kontrollierte die Knoten des Sicherungsseils. Han übernahm die Führung der Vierergruppe und auf sein Zeichen liefen sie los. Zu den dunklen Wolken gesellte sich starker Wind. Es wurde ungemütlich und kalt. Der Weg wies bald links und rechts Risse auf. Manche waren sehr breit und tief, andere flach. Man konnte vorher nicht sehen, was einen erwartete. „Wir müssen uns beeilen und oben sein, bevor das Gewitter losbricht." rief der Boss ihnen zu und eilte mit zügigen Schritten davon. Die anderen hasteten hinterher. Wenig später fielen dicke Tropfen vom Himmel. Es begann bald derartig stark zu regnen, dass man kaum zwei Meter weit sehen konnte. Das Wasser rann bergab und riss alles mit, was nicht fest war. Immer wieder lösten sich von den Hängen kleine Schlammlawinen. Es war sehr anstrengend, der Masse auszuweichen. Meist hatten sie Glück und das Geröll blieb, vor oder neben ihnen, in den Rissen auf dem Boden, hängen. Bei einigen mussten sie schnell auf höhere Steine springen oder sich an einem Vorsprung klammern, bis die Lawine an ihnen vorbei war. Sie kämpften sich Meter für Meter weiter empor. Doch dann passierte es. Nick rutschte auf einer Schlammlawine aus und wurde mitgerissen. Die Sicherungsleine spannte sich. Lee verlor das Gleichgewicht und schleifte hinterher. Der Ruck des Seils kam für Min in einem ungünstigen Moment. Sie konnte sich nicht halten, was Han ebenfalls umwarf. Die komplette Gruppe rutschte bergab. Unermüdlich breiteten sie die Arme aus und versuchten sich überall festzuhalten, glitten aber immer wieder ab. An einer großen Spalte schoss der Schlamm plötzlich in die Tiefe. Nick stürzte hinab. Am Rand des Abgrundes fand Lee endlich Halt. Er versuchte augenblicklich, sich quer in die Spalte zu klemmen. Das Seil stoppte zwar Nicks Fall, aber es war glitschig und Nick kein Fliegengewicht. Han und Min schlitterten heran und stießen unweigerlich an Lee, was zumindest ihr Rutschen aufhielt. Lee jedoch konnte sich nicht halten. Sogleich versuchten Han und Min sich aufzurichten und das Seil unter ihre Kontrolle zu bringen. Endlich gelang es ihnen, sich auf die Füße zu stellen und das Seil zu umfassen. Sie stemmten sich mit ganzer Kraft gegen den Abgrund. Lees Sturz konnte gestoppt werden. Aber er und Nick waren schwer. Vor Schmerz schrie Min auf. Lee klemmte sich unverzüglich mit den Füßen zwischen die Wände der Felsspalte und befahl Nick, der am anderen Ende der Sicherungsleine schwebte: „Los, versuch hochzuklettern!" Jetzt rappelte sich Nick auf. Er hatte sich schon am Boden zerschellen sehen. Nun besann er sich. Ja, er lebte noch und hing am Seil! Nick sah sich um. Man konnte sich an den Seitenwänden rechts und links abstützen. Sofort kletterte er ein Stück hoch. Die Leine wurde locker. Das ermöglichte Lee, sich zu bewegen und stabileren Halt zu erlangen. Han half ihnen beim Herausklettern. Geschafft! Völlig fertig lagen sie rücklings auf dem Weg. Der Regen prasselte auf sie hernieder.

*

Als sie sich aufsetzten, konnten sie den Boss nirgends entdecken. Hatte er den Sturz nicht bemerkt? War er selbst in Gefahr? Nichts von alledem, sie sahen den Grund: fünf stämmige, bärtige Männer standen um sie herum. Diese waren mit dicken Fellen umwickelt.

Die Leute packten sie und schleppten sie fort wie Tiere. In einer Höhle weiter oben kamen sie endlich zur Ruhe. Hier wartete eine Gruppe Männer auf sie. Zwei weitere Einheiten trafen ein. Die dritte Gruppe wurde vermisst. Die Freude über die Beute tröstete allerdings rasch darüber hinweg. Gleich vier Personen konnten sie gefangen nehmen! Die Mannen befühlten Han, Lee und Nick. „Was für ein Glück! Da werden wir alle satt." äußerte einer. Nick traute seinen Ohren nicht. Was sagten sie eben? Die Wilden verschnürten Lee, Han und Nick je von oben bis unten mit Seilen. Nur Min zerrten sie umher. Offensichtlich schien sie ihnen keine große Bedrohung zu sein, denn sie blieb ohne Fesseln. Min hielt sich die verwundete Seite. Sie hatte sichtbar Schmerzen. Dann fachten die Männer ein großes Feuer an. Sie begutachteten ihren Fang. Einer erkannte plötzlich Lee und Han. „Na, wen haben wir denn da." rief er erfreut aus, „Das sind ja die Wachhunde unseres Boss'!" Er lachte schallend: „Ja, wo ist denn euer Herrchen?" Die anderen amüsierten sich und machten Witze, bevor sie fort fuhren: „So eine fette Beute fiel uns schon lange nicht mehr in die Hände. Das wird ein Festmahl!" Nick hörte es erneut, diese Typen wollten sie essen. Ein Gedanke schoss ihm durch den Kopf und ließ ihn erstarren. Die meinten es ernst! Es waren tatsächlich Kannibalen! Kaltes Grauen erfasste ihn. Er wollte schreien, aber seine Stimme versagte. Sollte sein Leben so enden? Nein, er wollte keinesfalls sterben und erst recht nicht hier! Das durfte nicht sein! Wo war bloß der Boss?

Einer der Männer zerrte schließlich an Mins Haaren. Das musste ihr wehtun, denn sie umklammerte die

Hand des Mannes. Er posaunte heraus „Die Kleine werden wir uns noch vor dem Essen vornehmen." Die Meute lachte lautstark und zufrieden. Sie machten sich bereit für sie und warfen die dicken Felle von den Schultern. Lederartige Kleidung kam zum Vorschein - Hemden und Hosen. Sie wirkten sehr unsauber und stanken entsetzlich. Lappen waren zu Schuhen zusammengebunden, die von Stricken zusammengehalten wurden. Sie erinnerten Nick an Wikinger, die er mal in einem Film gesehen hatte. Nur diese, vor ihm, unterschieden sich durch die wilden halblangen Haare, die wüst abstanden und der Helm fehlte. Die Männer banden Lee, Han und Nick zusammen. Sie knoteten zusätzlich dicke Stricke um ihre Beine, so dass sie sich kaum bewegen konnten. Danach machten sie es sich am Feuer gemütlich. Min schleiften sie über die Erde hinterher. Der Mann von vorhin hielt sie immer noch an den Haaren. Ein anderer ergriff ihre Beine. Sie wehrte sich nun heftig. Jemand eilte den Männern zu Hilfe. Ihnen gelang es nur mit Mühe, Min zu halten. Einzig der schmerzhafte Griff in ihre Haare schien sie zu hindern, mehr zu tun. Ein weiterer Mann kam hinzu und betatschte sie und murmelte lüstern „Nicht schlecht die Kleine. Es wurde auch Zeit, dass wir mal wieder etwas Handfestes erbeuten." Er versuchte Min zwischen die Beine zu fassen. Sie schaffte es, ein Bein zu lösen und trat ihm kurzerhand kräftig in die Weichteile. Er knickte ein und schlug sogleich vor Wut zu. Min drehte sich so, dass die verletzte Seite abgewandt war. Trotzdem trafen sie schwere Schläge. Min verteidigte sich aus Leibeskräften. „Schluss jetzt." befahl plötzlich einer. Er

packte den Schläger am Kragen und schob ihn beiseite mit den Worten „Ich bin der Chef und will zuerst
meinen Spaß!" Der Anführer stieß auch die anderen
weg, griff selbst in Mins Haar und zerrte sie mit sich.
Die Männer gaben aber keine Ruhe und bemühten
sich unbeirrt um sie. Der Grabscher hingegen stapfte
wütend davon. Er ging tiefer in die Höhle hinein und
schimpfte vor sich hin: „Diese verdammte Hure, so
eine Missgeburt! Das wird sie mir büßen." Als er sich
ein gutes Stück von der Gruppe entfernt hatte, knack-
te es plötzlich und der Mann war abrupt still. Er fiel
plump vornüber. Die Leute schreckten hoch: „Hey
Jan, was ist los?" Sie hörten auf, sich mit Min zu be-
schäftigen. Nur der Anführer ließ nicht locker. Die
anderen gingen in die Richtung, in welche ihr Gefähr-
te verschwunden war. „Jan? Was ist mit Dir?" rief der
Erste. Da flog etwas herbei und traf ihn an der Schlä-
fe. Weitere metallische Flugobjekte folgten. Einige
wurden zwischen den Augen, andere am Hals getroffen. Sie sackten auf der Stelle tot zusammen. Jetzt
brüllte der Anführer „Hey Boss! Bist du hier? Dann
hol dir deine Leute!" Er packte Min um die Taille und
schob sie unter seinen Arm. Als er sich zu den drei
Gefangenen bewegen wollte, musste er erkennen,
dass es ein Fehler war, Min auf diese Weise festzuhalten. Ein harter Hieb ihrerseits gegen seinen Ellenbogen löste reflexartig seine Umklammerung. Er bemühte sich sie zu ergreifen, doch sie schnappte sich
seinen Arm und verdrehte ihn ruckartig. Der Anführer
geriet ins Schwanken und überschlug sich. Im Nu
erbeutet Min sein Messer und warf es zu Lee hinüber. Der versuchte sofort mit den Füßen daran zu

kommen. Doch keine Chance! Nicht einen Zentimeter kam er an die Schneide heran! Es flog ein Dolch herüber und traf einen Mann, der auf Lee zuging. Dieser stürzte vorn über und lag quer vor den Gefesselten. Sein starrer Blick schien sie zu fixieren. Nick riss die Augen auf und den Mund, brachte jedoch kein Wort hervor.

Man hörte Klingen singen. Das Geräusch kannte Nick nur zu gut. Das waren die beiden Schwerter des Boss. Einer nach dem anderen fiel. Man konnte jedoch kaum einen Angreifer ausmachen. Nick vermochte sich nicht von den Toten abzuwenden. „Nur nicht durchdrehen, Mann! Schau woanders hin!" schrie Han ihn an. Unterdessen blieb nur noch der Anführer übrig, der sich beharrlich um Min bemühte. Unermüdlich jagte er sie: „Komm her, du kleine Schlange!" Sie war allerdings zu schnell für ihn. Letztlich packte er einen faustgroßen Stein und holte aus, um auf sie einzuschlagen. Da trat der Boss aus seiner Deckung. Er hielt in jeder Hand ein Schwert. „Ich bin hier, du Memme. Kämpfe und lass die Frau!" rief er. Der Anführer ließ von Min ab, warf den Stein beiseite und zog seinen Säbel: „Endlich! Dich mache ich fertig!" Sie gingen auf einander zu. Der Kannibale eröffnete den Kampf mit Gebrüll. Der Boss erwies sich als viel gewandter. Während der Unhold hieb, ging er in Deckung und bewegte sich blitzschnell um seinen Gegner. So stand der Boss schützend vor Min. Bevor sich der Mann umdrehen konnte, bekam er einen kräftigen Tritt von hinten. Er stolperte, rappelte sich jedoch rasch wieder auf. Es war nun ein sicherer Abstand zwischen ihm und Min geschaffen. Mit jedem

Angriff entfernten die Männer sich weiter von ihr. Die beiden kämpften wie zwei Titanen.

Min krabbelte unterdessen zu den drei Gefesselten und begann die Seile durchzuschneiden, Lees zuerst. Als er eine Hand frei hatte, nahm er ihr das Messer aus der Hand und durchtrennte seine restlichen Fesseln, bevor er Han befreite. Sie suchte hektisch nach einem weiteren Messer. Der Boss und der Unhold fochten noch miteinander. Mit einem heftigen Hieb schlug der Boss dem Gegner den Kopf ab. Nick stierte unablässig auf die Toten. Schließlich begann er zu kreischen. Han ergriff ihn bei den Schultern und schüttelte ihn: „Hey, Schluss damit! Es ist überstanden. Hör auf zu schreien!" Aber Nick konnte nicht. Unmöglich, ihn zu beruhigen! Er war nach wie vor zum größten Teil verschnürt. Min kam rasch zu ihnen und setze sich auf Nicks Schoß. Sie nahm seinen Kopf in ihre Hände. Er spürte, wie einige ihrer Finger intensiv auf bestimmte Stellen an seinen Kopf drückten. Für einen Moment verschwand für ihn die Umgebung. Er sah ihre Augen. Sie tauchte tief in seine und sprach ruhig und eindringlich zu ihm: „Nick! Wir sind wieder frei. Alles wird gut. Entspann dich! Atme tief ein und aus. Komm schon! Ein und aus, ein und aus." Ihre Art zu sprechen beruhigte ihn zusehend. Er begann zu atmen, wie sie es vorgab und wurde still. Sie hielt seinen Kopf weiterhin fest. „Wir binden dich gleich los und gehen in eine sichere Höhle. Du wirst sehen, der Regen hört bald auf. Immer schön ein- und ausatmen. Die Gefahr ist vorbei. Ok?!" Langsam ließ sie von Nick ab und stieg von ihm herunter. Trotzdem er sehr angespannt war, blieb er ruhig. Sie stellte sich so vor Nick, dass er die Toten nicht mehr direkt sehen konnte. Han schnitt vorsichtig Nicks letzte Fessel durch. Der Boss hatte unterdessen die Lage draußen geprüft. „Los jetzt! Die Wildtiere werden in Kürze hier sein!" trieb er sie an. Die Männer rafften sich auf und verließen die Höhle. Nur Nick saß unverändert apathisch auf dem Boden. So packte ihn der Boss an einem Arm und Min am anderen. Sie halfen ihm auf die Füße und zerrten ihn aus der Höhle. Draußen übernahm der Boss wieder die Führung. Der Sturm hatte nachgelassen. Es regnete jedoch noch in Strömen. Zudem wurde es langsam dunkler. Diesmal banden sie sich keine Seile um, sondern gingen zügig dicht beieinander. Min schob Nick direkt dem Boss hinterher. Er war noch immer sehr aufgewühlt und drehte sich fortwährend um. Durch den Regen beobachtete er in der Ferne, wie sich ein Rudel Tiere an die Höhle anschlich, der sie gerade entronnen waren. Er erkannte allerdings nicht, welcher Art diese waren, nur dass sie Fell hatten.

Nach einem steilen Anstieg gelangten sie an einen riesigen Stein. Eine Sackgasse? Weit gefehlt! Der Boss schob das Hindernis mit viel Mühe beiseite. Sie zwängten sich durch den entstandenen Spalt. Danach rollte er den Stein zurück an seinen Ursprung. Das blockierte den Eingang wieder. Es wurde dunkel, doch nur einen Moment, denn der Boss nahm einen Metallstab heraus und erzeugte damit ein wenig Licht. Sie kletterten schier endlos bergab. Min wich keinen Schritt von Nicks Seite. Das beruhigte ihn offensichtlich. Er trabte brav mit den anderen mit, schien aber mit den Gedanken weit entfernt zu sein.

Endlich waren sie angekommen. Es plätscherte! Ein kleines Rinnsal sprudelte aus der Felswand, suchte seinen Weg am Boden und verschwand auf der anderen Seite in einem Spalt. Sie prüften das Wasser. Da es in Ordnung war, entschieden sie sich, an diesem Ort zu bleiben. Wie gewohnt aßen sie etwas und bauten ihr Nachtlager auf. Min gab Nick ein hauchdünnes fast durchsichtiges Blatt. „Nimm das, es wird dir gut tun. Einfach auf die Zunge legen und genießen." sagte sie und lächelte ihn an. Er steckte es in den Mund. Ihm war völlig egal, wofür es war, wenn nur dieser Alptraum aufhörte. Vor seinem inneren Auge tauchten immer noch die Bilder der Toten auf und die starren Augen. Verdammt, die Männer waren Kannibalen! Was für eine Welt! Nachdem er den Mund geschlossen hatte, war er überrascht. Das Blatt löste sich sofort auf. Es schmeckte süß und nach Pfefferminze. Eine wohlige Ruhe breitete sich in ihm aus. Er wurde unendlich müde. Min klopfte ihm auf die Schulter. „Das wird schon." munterte sie ihn auf. Alle legten sich zur Ruhe, bis auf die Wache. Nick schlief gut, wie seit langer Zeit nicht. Er träumte, dass er auf einer Sommerwiese liegen und in den blauen Himmel schauen würde. Nur einmal wachte er auf. Hatte jemand aufgeschrien? Eine Frauenstimme? Er blickte zu Min. Diese Nacht lag sie abseits der anderen. Sie bewegte sich unruhig im Schlaf. Seine Augenlider wurden schwer, aber die Neugier war größer. Er sah Han auf seinen Wachposten gehen, der eben den Boss ablöste. Die Augen fielen Nick zu. Abermals öffnete er sie. Ihm war, als würde sich der Boss über Min beugen. Seine Hand berührte liebevoll ihre Wange. Er strich ihr vorsichtig das Haar aus dem Gesicht. Dabei redete er leise auf sie ein. Sie wurde ruhiger. Dann schien Nick als schmiegte sie der Boss eng von hinten an Min und legte seinen Arm behutsam um sie. Vor Nicks Augen verschwamm die Höhle. Daher war er sich unsicher: Sah er es wirklich oder fantasierte er? Er mochte aber nicht darüber nachdenken. Stattdessen ergab er sich seiner Müdigkeit und schlief tief und fest. Nick träumte weiter von zarten Federwolken, die am Himmel entlang zogen.

*

Am folgenden Morgen fühlte sich Nick viel besser. Er wollte dennoch nicht reden und war froh, dass die Gruppe wie immer nur das Nötigste besprach. Sie füllten ihre Wasserflaschen und folgten den endlosen Gängen der Höhle. Schließlich traten sie ins Freie. Zum Glück regnete es nicht mehr. Der Himmel bot sein schönstes Blau, keine Wolke weit und breit. Der Weg wurde fester. Offenbar lag das zerklüftete Gebirge hinter ihnen. Am Nachmittag gelangten sie an eine tiefe Schlucht. Hier könnte man weder hinunter noch herauf klettern. Unten rauschte ein Fluss. Grüne Pflanzen wuchsen an den Ufern. Die andere Seite war so weit entfernt, dass man sie kaum sehen konnte. Sie liefen entlang des Abgrundes. Der Weg führte nach Süden. Der Abstand zur anderen Seite wurde geringer. Plötzlich sprang der Boss vor und kniete sich hin. „Verdammt!" rief er und hielt zwei Enden dicker durchgeschnittener Seile hoch, die im Felsen steckten. Sie blickten hinüber zur gegenüberliegenden Seite. Dort hingen Stücke einer zerbrochenen Holzbrücke herunter. An dieser Stelle existierte offensichtlich einst ein Übergang, den jemand zerstört hatte. Sie überlegten, was zu tun sei. Nick wurde unruhig. Hieß das, dass dies der einzige Weg war? Was nun? Waren sie schon wieder gestrandet? Mussten sie zurück in dieses schreckliche Gebirge zu den Kannibalen?

Min schlug vor ihren Gleitschirm zu benutzen. Wenn der Luftstrom günstig wäre, könnte sie die andere Seite erreichen und am Überrest der Brücke hochklettern. Danach wäre es möglich, Seile herabzulassen, so dass die Männer daran hochklettern könnten. Doch der Boss fand es zu gefährlich, zumal sie verletzt war. Das Risiko schien zu groß. Die Aufwinde könnten nicht reichten. Ebenso könnte sie an dem Felsen zerschellen oder gar abstürzen. Außerdem hatten sie nicht genug Seile für beide Seiten dabei. Han kam eine Idee. „Ich kenne jemanden, der uns helfen könnte. Dazu müssen wir aber einen Tag weiter entlang der Schlucht laufen." Nach reichlicher Überlegung beschlossen sie, es zu tun, auch wenn es einen weiteren Umweg bedeutete. Sie hatten keine andere Wahl.

Tatsächlich, nach einem Tag entdeckten sie eine Hütte, oder das, was davon übrig war. Sie versuchten die Tür zu öffnen, allerdings war diese von innen verriegelt. Dafür waren im hinteren Bereich etliche Bretter lose. Sie entfernten vorsichtig die Latten und traten ein. Drinnen lagen Leute, eine Frau, ein Mann, ein junger Mann und zwei Kinder – ein Mädchen und ein Junge! Sie öffneten die Tür. Min übernahm sofort die Untersuchung. „Sie leben noch." sagte sie erleichtert. Diese Menschen brauchten dringend Wasser. Die

Männer waren schwer verletzt, von Kratzspuren und Bissen übersät. Min versorgte sie nach bestem Wissen und so gut es mit ihren beschränkten Mitteln möglich war. Nick half ihr. So lenkte er sich ab und kam wenigstens kurzzeitig auf andere Gedanken. Als sie die Salbe für die Wunden herausholte, verharrte sie. „Was ist?" fragte Nick. „Es wird nicht reichen. Wir werden nur die größten Verletzungen versorgen können. Der Rest muss eigenständig zusammenheilen. Narben werden zurückbleiben." antwortete sie.

Mit dem vorhandenen Material reparierten und stabilisierten Lee und Han die Hütte. Keinesfalls sollte sie noch zusammenbrechen. Der Boss hielt währenddessen Wache. Am Abend kam die Frau zu sich. Sie war erstaunt, dass sich jemand zu ihnen verirrt hatte. Min reichte ihr ein rotes Plättchen, welches sie gierig ergriff und in den Mund steckte. Dann berichtete sie: „Wir haben nur einen Moment nicht aufgepasst und die nahenden Wolfshunde übersehen. Diese sind über uns hergefallen. Zunächst wehrten wir uns, so gut wir konnten. Schließlich verbarrikadierten wir uns in der Hütte. Unerwartet sind sie abgezogen. Aber unsere Wassermaschine ist kaputt. Die Männer waren zu schwer verletzt, um Hilfe zu holen. Das übrige Wasser reichte nicht lange. Wir dachten, dass wir sterben würden." Sie sah ständig zu Han und schien zu überlegen, woher sie ihn kannte. Auf einmal fiel es ihr ein. „Jetzt weiß ich, wer du bist! Han, mein Lieber!" rief sie aus und fiel ihm um den Hals, „Ich wunderte mich schon, dass sich jemand in diese Gegend verirrt hat. Nur wer uns kennt, würde uns hier finden. Woher wusstest du, wie es um uns steht?" „Ich hatte keine Ahnung." gab Han zu, „Wir brauchen selbst dringend Hilfe, um über das Tal zu kommen. Da seid ihr mir eingefallen. Ich weiß, dass ich versprochen habe, keinem zu erzählen, wo ihr zu finden seid. Aber unsere Not ist groß und wir hoffen auf eure Hilfe." Doch die Unterhaltung wurde wegen der Kinder unterbrochen. Sie bewegten sich und öffneten ihre Augen. „Susi! Tom! Wir sind gerettet!" jubelte die Frau ihnen zu. Sogleich raffte sie sich auf, krabbelte zu den Kindern und drückte diese zärtlich an sich: „Meine Lieben. Ich bin so froh." Die Männer brauchten wesentlich länger, bis sie zu sich kamen. Letztlich wachten auch sie auf und vermochten das Wunder ihrer Rettung kaum zu fassen.

Min zerrte die Wassermaschine nach draußen, denn dort war es etwas heller. Sie untersuchte die Konstruktion genau und experimentierte daran herum. „Da kann man nichts mehr retten." sagte sie schließlich nachdenklich, „Wir müssen euch etwas anderes bauen." Min kramte in den Tornistern der Männer und holte Lappen und Röhrchen heraus, sowie Bindfäden. „Das sollte funktionieren." meinte sie und fügte hinzu „Ich brauche noch eure Haare." Alle sahen sich an. Lee verstand, was sie beabsichtigte. Er griff nach seinem Messer, schnitt sich kurzerhand seinen Zopf ab und reichte ihn Min. Han tat ebenso. Min setzte das Messer an ihren Haaren an. Plötzlich ging der Boss dazwischen und ergriff ihre Hände. „Stopp!" raunte er ihr zu, „Du nicht!" Sie schaute ihn an. Natürlich, ganz klar, wenn sie zurück reisten durch die Zeit, musste die Haarlänge stimmen. Zu langes Haar könnte man abschneiden, damit es aussieht wie vor der Entführung. Jedoch kürzer – das würde auffallen. Schließlich würden sie nur wenige Minuten weg gewesen sein.

Die Leute verstanden nicht, wofür es gut war und dennoch, wer lange Haare hatte, schnitt diese ab. Min begann zu flechten und die Haare mit den Bindfäden zusammenzubringen. Jedes Bündel steckte sie in ein Röhrchen. Da nicht genug Röhrchen vorhanden waren, nähte sie einige in Lappen ein, die sie zusammenrollte. Als es fertig war, ähnelte es der Matte, die sie selbst mit sich führten. Die Frau wunderte sich: „Das soll Wasser geben?" „Ja, das wird es." erklärte Min, „Ihr müsst es draußen aufbauen, im Gegensatz zu eurer Maschine. Es zieht die Feuchtigkeit aus der Luft heraus. Tags wird es warm und nachts kalt. Da kondensiert es im Inneren des Röhrchens. Es bilden sich Wassertropfen. Diese bleiben an den Haaren hängen und fließen nach unten ab. Man muss also immer Kannen oder Flaschen darunter stellen, zum Auffangen. Keine Schalen, sonst verdunstet es gleich wieder. Morgen habt ihr Wasser." Min suchte einen geeigneten Platz für die Matte, nebst ihrer eigenen. Die Bewohner besaßen Krüge, die sie unter den Apparat stellten. Die Frau war noch zu schwach, um weiter zu fragen. Sie legte sich nieder. Die Kinder kuschelten sich an sie. Min verteilte die Lebensmittelplättchen. Alle wurden satt. Gemeinsam verbrachten sie die Nacht in der Hütte. Nur einer hielt Wache wie gehabt.

Am nächsten Morgen ging es den Leuten deutlich besser. Sie begutachteten die Krüge. Tatsächlich befand sich Wasser darin. Es kam ihnen wie ein Wunder vor. Zudem bestaunten sie die vorgenommenen Änderungen an ihrer Behausung. Ihr Heim erschien ihnen noch nie so stabil und sicher. Han zeigte ihnen noch wichtige und nützliche Schutzmaßnahmen, für den Fall der Fälle.

Leider existierte immer noch keine Lösung für ihr eigentliches Problem. Wie sollten sie die Schlucht überqueren? Eine Brücke zu bauen, würde zu lange dauern, zudem gab es ringsherum zu wenig Holz. Nach langem Grübeln fiel den Bewohnern ein, dass der Boden der Hütte eine Stahlplatte verbarg. Darunter befand sich ein Raum mit einer Apparatur. Vielleicht ließe sich etwas damit anfangen. Sie hatten sonst keine Idee, wie sie den Rettern helfen konnten. Min prüfte die Anlage und freute sich sehr: „Das ist es! Hier muss es früher eine Brücke gegeben haben. Die Apparatur fährt durch diesen Schalter eine Schiene aus und mit dem anderen wieder ein." sie zeigte auf zwei Hebel, „Es ist zwar kaputt, aber das lässt sich leicht reparieren. Mit ein bisschen Glück befinden sich noch Teile im Felsen, die man ausfahren kann. Das ist genau das, was wir jetzt brauchen, ein Weg auf die andere Seite." Sie machte sich sogleich an die Arbeit. Lee ging ihr zur Hand. Die Leute schauten erstaunt zu. Bald war die Reparatur erledigt. Min legte einen Hebel um und eine Maschine begann zu surren. Beim Drücken eines Knopfes sprühten erst Funken, dann jedoch floss die Energie störungsfrei durch die Leitungen. Draußen bewegte sich etwas. Alle rannten hinaus und fassten kaum, was sich ihnen darbot. Ein dicker, blauer Lichtstrahl verlief unterhalb der Abbruchkante, von ihrer Seite der Schlucht zur anderen. Stück für Stück schob sich eine Metallplatte nach der anderen darüber. Jede ragte über die vorherige hinaus. Von der gegenüberliegenden Seite kamen ebensolche Platten auf sie zu. Nur wenige Augenblicke dauerte es, bis sie sich in der Mitte trafen. Sprachlos beobachteten sie das Schauspiel. Der entstandene Übergang war breit genug, um auf ihm balancieren zu können. Man müsste nur wissen, wieviel Gewicht er aushält. Der Boss ergriff zuerst die Initiative. Er nahm ein Seil und band es um Min: „Du bist am leichtesten von uns. Mal sehen, ob es dich trägt." Sie ließ sich vorsichtig auf den Metallbalken herunter. Der Boss hielt das Seil straff. Der Träger wirkte solide. Sie konnte darauf stehen. „Sieht gut aus." sagte sie, „Ich werde zur anderen Seite gehen. Knotet so viele Seile an, wie ihr könnt." Han und Lee holten jedwede verfügbaren Stricke und Taue heraus. Auch die Bewohner trugen weitere herbei. Sie banden diese der Reihe nach an. Min balancierte vorsichtig auf dem Balken entlang. Der Boss versuchte die Leine so straff wie möglich zu halten. Jeder beobachtete gespannt jeden ihrer Schritte. Als sie auf der anderen Seite angekommen und den Absatz nach oben geklettert war, jubelten alle. Min holte einige Dinge aus ihrem Rucksack. Es war zu weit entfernt, um Details erkennen zu können. Letztlich versenkte sie einen Metallring in den Felsen. Daran befestigte sie das Seil. Lee holte aus seinem Tornister ebenfalls einen Metallring und ein seltsames Gerät. Auf den unteren Teil schüttete er ein Pulver und positionierte es auf dem Felsen. Er drehte das Gerät hinein und zog es wieder heraus. So entstand ein Loch. Nick traute seinen Au-

114

gen kaum, Lee schnitt einfach ein Stück aus dem Felsen, als wäre es ein Käse. Er bearbeitete die Unterseite des ausgeschnittenen Steins und kerbte eine Rille ein, ebenso an den Seiten. Zuerst steckte er den Metallring in das Loch und anschließend das bearbeitete Felsstück. Es passte genau. Zuletzt pustete er darauf, nachdem das Gerät entfernt war. Das Pulver verflog und der Felsen wurde ringsherum fest. Das war Hexerei! Nick konnte nicht glauben, was eben geschehen war. Was zum Teufel ging hier vor? Er fasste auf den Felsen und den Metallring. Alles war so massiv wie zuvor. Der Boss schob Nick beiseite und verzurrte das Seil am Ring. Lee schwang sich als Nächster auf den Übergang und schritt hinüber. Dabei diente ihm das gespannte Seil lediglich zum Ausbalancieren. Der Boss schaute zu Nick: „Jetzt du." Aber Nick weigerte sich. „Nein! Niemals!" rief er aus. „Du hast gesehen, wie es geht! Los jetzt." raunte der Boss ihm zu. Han holte eine dicke Schnur heraus und meinte zu Nick: „Wir binden dir eine Führungsleine um. Falls du abrutschst, dann hängst du einfach nur am Seil und fällst nicht runter." Schon hatte Han den Strick um Nicks Bauch gebunden und locker am Seil angebracht, so dass man es vorwärts schieben konnte. Der Boss schnappte sich Nick und stellte ihn kurzerhand auf den Balken. Ihm blieb nichts anderes übrig, als loszulaufen. Allerdings kam er nur wenige Meter. Er blickte dummerweise nach unten und nahm die unheimliche Tiefe wahr. Mein Gott, wenn er abstürzen würde, wäre nichts von ihm übrig! Der Boden schien sich auf ihn zu zubewegen. Er geriet ins Schwanken und klammerte sich nun an das Seil und den Balken.

Han verabschiedete sich rasch von den Leuten. Danach ging er schnell zu Nick auf den Übergang: „Hey Kumpel! Das bekommen wir hin!" Han umfasste Nick, stellte ihn auf die Füße und schob ihn Stück für Stück vorwärts, zusammen mit der Führungsleine. Als sie endlich drüben angelangt waren, nahm ihn Min in Empfang. Nick schien mit den Nerven am Ende zu sein. Zuletzt kletterte der Boss auf den Träger. Er sah sich zu den Leuten um und sagte zu ihnen: „Dieser Übergang muss gut bewacht werden. Ihr solltet den Balken besser wieder einfahren. Wir schicken euch bald Hilfe. Ihr müsst nicht länger auf euch allein gestellt sein. Unsere Leute tragen das Zeichen von Freeland. Ihr werdet es erkennen." Der Boss drehte sich um und schritt sicher über den Abgrund. Nachdem er auch auf der anderen Seite war, hob er seine linke Hand und spreizte die Finger. Die Kinder winkten ihnen. Der ältere Mann ging weg. Kurz darauf rückten erst die Metallplatten zurück und dann erlosch der Lichtstrahl.

*

Die Gruppe ging immer entlang der Schlucht, diesmal in Richtung Norden. Es gab nicht viel, wohin sie sich sonst wenden konnten, denn das Gestein ragte steil neben ihnen auf. Nach einem Tag gelangten sie wieder an die Stelle, an der die defekte Holzbrücke hing. Diesmal waren sie allerdings auf der richtigen Seite. Rechterhand führte ein Weg durch die hohen Felsen. Diesen kletterten sie hinauf. Oben angekommen, staunte Nick nicht schlecht. Eine atemberaubende Aussicht auf ein Plateau mit grünem Rasen und vereinzelten Büschen bot sich ihnen dar. Auf dem Gras weidete Damwild. Dahinter erstreckte sich ein dichter Wald mit hohen Bäumen und erneut ein Gebirge. Der Boss blieb stehen: „Endlich. Freeland." Nick vernahm diese Worte mit einer gewissen Befreiung. Das konnte ja nichts anderes bedeuten, als dass sie endlich angekommen waren. Wo auch immer das war und was auch immer es an neuen schrecklichen Ereignissen mit sich brachte. Zumindest wirkten die anderen erleichtert. Also musste es etwas Gutes heißen.

Es dauerte aber noch einen Tag, bis sie am Wald angekommen waren und einen weiteren Tag, bis sie diesen hinter sich gelassen hatten. Danach standen sie am Fuße der Berge. Jetzt stieß der Boss einen Tierschrei aus. Dieser wurde beantwortet. Sie stiegen den Weg empor, vorbei an Felsen und an dichten, riesigen Bäumen. Die Rufe eilten ihnen voraus. Nick bemerkte an den verschiedensten Plätzen Menschen, die wie sie gekleidet waren. Viele saßen auf Bäumen, andere hinter Steinen oder oberhalb auf einem Vorsprung versteckt. Das schienen die Wachen zu sein. Sie reckten unvorsichtig ihre Hälse nach Min. Der Boss visierte sie mit ernstem, finsterem Blick an. So besannen sie sich schnell wieder auf ihre Aufgabe. Schließlich erreichten sie eine gut geschützte Felswand und schritten durch eine Öffnung. Lange, verwirrende Gänge endeten in einer riesigen Höhle. Erstaunlicherweise war es hell, obwohl kein Fenster und keine Öffnung zu sehen war. Am Ende der Höhle stand ein Podest mit einem Thron darauf. Links und rechts befanden sich Steintische und Steinbänke für mehrere hundert Leute. Eine Frau in einem hellen, halblangen Kleid, das mit jeder Menge Holzperlen verziert war, schritt auf Min zu. „Min!" rief sie, „Du bist es wirklich!" Jedoch kam sie nicht weit, da plötzlich unzählige Personen von allen Seiten herbeiströmten. Jeder staunte und wollte Min berühren. Die Frau wurde abgedrängt. Immer mehr Menschen eilten aus den verschiedensten Gängen zu ihnen und begrüßten Min freudig. Sie waren verschiedenartig gekleidet. Selbst die Haartrachten unterschieden sich voneinander. Min schien irritiert. Der Boss schob die Leute fortwährend beiseite. Trotzdem schafften sie es nur bis zur Mitte der Halle. Eine Schar von Kindern drängte sich schließlich um sie. Unmöglich weiterzugehen! Die Kinder überhäuften Min mit Fragen. Wie ist das in der Zeitmaschine? Ist es schlimm? Tut es weh? Min brachte kein Wort hervor. Sie schaute nur mit großen Augen um sich. Der Boss versuchte die Menge zurückzuhalten: „Schluss jetzt! Wir haben etwas Wichtiges zu tun. Ihr müsst noch warten. Macht Platz! Später habt ihr noch genug Zeit." Es hatte aber keinen Sinn. Immer mehr Personen umlagerten sie. Jeder wollte Min die Hand schütteln oder sie drücken und mitteilen, wie froh sie seien, dass sie zurück ist. Es war, als wäre ein Wiederauferstandener erschienen. Sie war sichtlich gerührt und wusste nicht, was sie tun sollte. Das Verhalten der Leute traf sie offensichtlich völlig unerwartet. Schließlich drückte der Boss die Meute beiseite und zog Min aus der Menge zu sich. Er nahm sie kurzerhand auf den Arm. Sie legte ihre Hände um seinen Hals. „Ma ha ju!" schimpfte er fortwährend. Die Masse ignorierte ihn und machte nur minimalen Platz. Er drängelte sich mühsam mit Min zum Ende der Höhle durch. Lee und Han ergriffen Nick am Arm und drückten sich an die Wand. So konnten sie ohne Probleme zur gleichen Stelle gelangen, zu der sich der Boss mit Min durchkämpfte.

Nick stellte fest, dass hier eine kleine Höhle angrenzte. In der Nische darin bemerkte er einen Metallschrank, in dem blaues Licht aufblinkte. Han und Lee stellten sich an den Eingang und ließen keinen herein, nur den Boss. Der setzte Min in dem Raum ab, bevor er Lee und Han half aufzupassen, dass niemand sonst eindrang. Sofort öffnete Min den Metallschrank und untersuchte ihn. Sie holte die Platinen heraus und steckte einige, nach gründlicher Prüfung wieder ein. Manche wurden an anderer Stelle eingefügt. Eine Reihe von Steckleisten warf sie auf den Boden. Mehrfach hielt sie inne und starrte auf die Teile in ihrer Hand, als hätte sie eine schreckliche Entdeckung gemacht. Danach legte sie die Bauteile zu den anderen am Boden. Nachdem die technische Prüfung erledigt war, raffte sie die aussortierten Dinge auf. Es war eine ganze Menge. Lee und Han halfen ihr. Im Schrank steckte nicht mehr viel. „Ich brauche Platz, einen Tisch und jede Menge Helfer." sagte sie zum Boss. Der raunte der Menge zu „Ihr habt es gehört. Lasst sie durch!" „Alle Sicherheitsleute zu mir!" brüllte er. Die Menschen rückten ein wenig auseinander, so dass sie bis zu einem Tisch kam und dort die Sachen ausbreiten konnte. Lee und Han packten sämtliche Ersatzteile aus ihren Tornistern aus, die sie organisiert hatten. Min sortierte diese auf dem Tisch. Eine Reihe von Personen verschiedenen Alters trugen blaue Bänder an den Armen. Der Boss zerrte diese aus der Menge und schob sie zu Min. „Nun lasst die

Sicherheitsleute schon durch." rief er fortwährend in die Meute. Die Herbeigeholten interessierten sich sehr für das, was Min ihnen zeigte und erklärte. Sie schienen sich wirklich auszukennen, denn sie stellten gezielte Fragen. Bald holten sie Metallstäbe heraus. Min zeigte ihnen, welche Drähte durchtrennt werden mussten und wo sie zusammengehörten. Sie stampfte den Metallstift mehrmals auf den Steintisch. Die Spitze begann zu glühen. Konzentriert legte sie neue Verbindungen auf den Platinen. Fast alle Ersatzteile kamen zum Einsatz. Die Helfer taten es ihr gleich. Als circa zwanzig Stück fertiggestellt waren, griff Min sich diese. Mehrere Männer folgten ihr in den kleinen Raum. Sie steckte die Platinen wieder ein, während sie erörterte, wofür was gut war und warum es keinesfalls da oder dort hingehörte. Die Helfer passten genau auf und versuchten, sich alles zu merken. Min drückte anschließend einen Knopf. Schlagartig gingen Lichter in der Höhle an. Sie schaltete weiter. Man hörte ein Surren, d. h. es wurden noch mehr Anlagen aktiviert. Die Halle füllte sich mit Jubel- und Freudenschreien. Min eilte zurück an den Tisch, nachdem sie dem Boss Bericht erstattet hatte. Nick vernahm ihre Worte: „Wenn wir zügig weitermachen, bekommen wir die Sicherheitsanlage bis morgen früh hin. Zuerst aktivierten wir die Versorgung für die Pflanzen und die Belüftung. Das ist sicher am wichtigsten. Wir haben doch noch genug Wachen, die aufpassen?" Der Boss nickte, ging dennoch sicherheitshalber los, um es zu prüfen und den Wachposten eindringlich die Wichtigkeit ihrer Aufgabe zu verdeutlichen. Min machte sich gleich wieder an die Arbeit. Die meisten

Personen verließen die Höhle und gingen ausnahmslos in dieselbe Richtung. Lee griff sich Nick. Gemeinsam folgten beide der Masse. Sie passierten verschiedene Gänge und Höhlen und bogen unzählige Male ab. Nick begann die Orientierung zu verlieren. Lee legte seinen Arm locker über seine Schulter und sagte zu ihm: „Dass du nicht auf die Idee kommst, hier allein herum zu irren, mein Freund. Du wirst dich unweigerlich verlaufen oder gar in eine Falle tappen. Freeland ist ein Labyrinth. Geh niemals ohne Begleitung." Dann ließ er Nick los und klopfte ihm noch einmal auf die Schulter. Nick war sprachlos. So entspannt erlebter er Lee das erste Mal!

Sie liefen an weiteren Höhlen vorbei. Manche waren bewohnt, in anderen wurde gearbeitet und Speere, Pfeile, Messer oder Stoffe hergestellt. Es gab mehrere Etagen unter der großen Halle. In einer verweilte die Menge und bestaunte die reibungslose Versorgung von Licht, Belüftung und Wasser. „Das wurde höchste Zeit." bekam er von vielen zu hören. Eine Frau mittleren Alters trat auf ihn zu „Ich bin Zoe und verantwortlich für unsere Schatzkammern." Sie drückte beide und sprach weiter: „Gut, dass ihr es rechtzeitig geschafft habt. Die Ernte wäre beinahe ganz verdorben und eine Hungersnot hätte uns ereilt. Jetzt bleibt genug zum Überleben." Sie nahm Lee und Nick mit und zeigte ihnen den wertvollen Schatz. Nick sah Felder mit diversen Pflanzen in den verschiedenen Etagen. Einige erkannte er als Mais und Getreide. Ein Großteil der Pflanzen war allerdings verwelkt oder sehr mickrig. Lee zog Nick schließlich mit sich. „Warum baut ihr das Zeug nicht oben an, auf der Erde?"

fragt Nick. „Zu gefährlich." antwortete Lee, „Die in Highland haben keine Kenntnis, wo wir leben. Solange wir hier unten bleiben, sind wir sicher. Die Pflanzen oben auf der Erde würden uns verraten. Und was noch wichtiger ist: man weiß nie, was die Strahlung oder die Witterung mit der Ernte macht. Du hast bereits ein paar Extreme mitbekommen. An diesem Ort sind die Pflanzen geschützt. Wenn die Sicherheitsanlage wieder läuft, ist Freeland uneinnehmbar. Unsere Energiequellen sind dann für Highland unsichtbar. Falls sie uns suchen sollten, könnten sie uns nicht finden." Schon endete der Rundgang. Sie waren zurückgekehrt in der Haupthöhle. Die Menge jubelte und tanzte ausgiebig. Zu Nicks Erstaunen ertönte Musik. Trommeln und Schlagstöcke brachten einen unglaublichen Sound hervor. Dazu gesellten sich weitere Instrumente. Welcher Art diese auch sein mochten, es klang toll. Dies erinnerte Nick an Disko- und Pop-Musik, nur ohne elektrische Instrumente. Der Rhythmus riss jeden mit. Min und die Sicherheitsbeauftragten mit den blauen Bändern arbeiteten fieberhaft, so gut es ging. Die Masse bejubelte sie unaufhörlich. Es kamen aber ständig Leute vorbei, die ihnen auf die Schulter klopften. Die sensiblen Platinen zusammenzubauen und die hauchdünnen Drähte zu löten wurde schier unmöglich. Sie mussten mehrmals von vorn anfangen. Letztlich gaben Min und die Helfer auf und beschlossen bei Tagesanbruch weiterzumachen, wenn sich alle beruhigt hatten.

Leute brachten Essen und Trinken herbei und verteilten es auf den Steintischen. Das passte Nick gut, sein Hunger war groß. Gemeinsam aßen sie vergnügt, bevor die Party weiterging. Nach dem ausgiebigen Mahl lehnte sich Nick zurück und beobachtete das Geschehen. Ein Mädchen stand plötzlich vor ihm und schlenkerte mit den Armen. Er schätze sie auf höchstens acht Jahre. Sie beäugte ihn und fragte verlegen „Du siehst anders aus als wir. Sag mal, wo kommst du denn her?" Nick wollte eben beginnen, da fielen ihm jedoch Mins Worte ein, was er sagen sollte. So meinte er nur „Ach ich, ja ich bin vom Himmel gefallen." Das Mädchen hielt sich die Hände vor den Mund und kicherte: „Das muss ganz schön weh getan haben." Jetzt scherzte Nick ebenfalls und entgegnete „Mein Po hält eine Meng aus. Das kannst du mir glauben." Sie lief amüsiert weg. Er schaute ihr hinterher und beobachtete, wie sie es den andern Mädchen erzählte, die daraufhin vergnügt lachten.

Min drängte sich durch die Menge, in die Mitte des Raumes und legte einen Ring auf die Erde. Sie drehte daran wie an einem Kreisel. Es stoben tausende winzige, weiße Lichter empor. Die Menge erfreute es. Ein „Ah" und „Oh" erfüllte die Halle. Wie in einer Disko, dachte Nick. Sogleich folgte der zweite Ring. Von diesem lösten sich rote Leuchtkugeln. Die Ringe trudelten. Ehe nichts mehr von ihnen übrig war, gaben sie noch einmal tausende von kleinen Lichtern ab. Die Menschenmenge begrüßte sie begeistert. Nick war satt und zufrieden, wie schon lange nicht mehr. Sein Blick schweifte umher. Überall glückliche Menschen. Er entdeckte Han, in jedem Arm eine Frau. Sie scherzten und knutschten vergnügt. Lee zog sich langsam zurück. In der wogenden Menge tauchte Min unter. Ausgelassen tanzte sie, wie die anderen. Plötzlich blieb sie stehen. Der Boss bewegte sich langsam auf sie zu. Unzählige Leute trollten vorbei und versperrten die Sicht. Hübsche junge Frauen versuchten, Nick zum Tanzen zu bewegen, aber er wehrte sich. Nick wollte einfach nur seine Ruhe. Als er sich wieder auf seinem Platz setzte, waren Min und der Boss verschwunden.

*

Jemand zupfte an Nicks Arm. Es war Han. Er hieß Nick durch eine Kopfbewegung mitzukommen. Nicks Augen folgten der gezeigten Richtung ans Ende der Höhle. Er sah, wie der Boss mit Min an der Hand unauffällig in einem Gang verschwand. Als Han und Nick dort angekommen waren, wartete Lee bereits auf sie. Zusammen hasteten sie Gänge und mehrere Stufen empor. Schließlich erreichten sie in einen kleinen Raum. Eine Lampe erhellte ihn gerade so, dass man drei Matten auf dem Boden erkennen konnte. „Das ist unser Reich." meinte Han und zeigte auf die Mittlere, „Da kannst du schlafen." Nick wollte sich gerade niederlassen, da sprach Lee „Hey! Das hier wirst du dir doch nicht entgehen lassen. Ich habe mit Han gewettet. Sie schaffen keine drei Mal, denn sie war schwer verletzt." Han lachte auf, „Du hast keine Ahnung. Solange, wie beide voneinander getrennt waren - mindestens fünf Mal. Die Wette gilt, um alle deine Nahrungsplättchen." „Nur die Grünen. Ok?" gab Lee zur Antwort und streckte seine Faust aus. Nick verstand nicht. „Abgemacht. Das gewinne ich locker." rief Han erfreut und boxte mit seiner Faust gegen die von Lee. „Wie? Was?" fragte Nick. „Sieh hindurch." bekam er von Lee zur Antwort. Er reichte ihm ein langes Röhrchen und zeigte auf eine Stelle an der Wand: „Steck es einfach hinein." Dort waren in Augenhöhe Löcher, groß genug, dass die Röhrchen hindurch passten. Han hatte seines bereits hineingesteckt und drückte sein Auge daran. Er raunte genüsslich „Ohh hoho, mmhhh ahh. Da würde ich gern mit ihm tauschen. Mann oh Mann." Nick steckte ungläubig das Röhrchen durch das Loch und schaute hindurch. Es war ein Fernglas! Erst sah er nichts, dann erkannte er einen Raum. An der Wand bemerkte er Ketten, verschiedene Waffen, Folterinstrumente und Peitschen. Er schwenkte das Röhrchen weiter und sah ein großes Bett! Der Boss lag darauf in seiner ganzen Blöße. Seine Hände waren mit einem Tuch an das obere Ende des Bettes gefesselt. Min setzte sich gerade auf ihn und beugte sich vor. Ihr Haar fiel auf seine Brust. Seine Muskeln waren bis zum Äußersten gespannt. Sie küsste ihn und richtete sich wieder auf. Ihre Finger gruben sich in seine Brust und Bewegungen mit harten Stößen folgten. Nick hörte nichts, glaubte trotzdem, ihr lustvolles Stöhnen wahrzunehmen. Nach einiger Zeit kamen sie zum Höhepunkt. Sie beugte sich vor und löste mit einem Ruck das Tuch. Der Boss griff sofort zu und rollte mit ihr auf die Seite. Er küsste sie wild.

Nick vernahm ein Kratzen. Als er aufblickte, strahlte ihm Hans breites Grinsen entgegen. Er kritzelte einen Strich in die Wand. Sie widmeten sich erneut ihren Röhrchen. Der Boss hatte gerade ein Kondom in eine Schüssel neben dem Bett geworfen und sich ein neues genommen. In der Schüssel bewegte sich etwas, aber Nick vermochte nicht zu erkennen, was es war.

Zu weit weg! Dafür sah er den Boss, der sich zu Min drehte. Er küsste sie langsam von oben nach unten, wobei seine Hände über ihren Körper glitten. Der Boss griff ihre Beine und zog sie zu sich. Mit einem Ruck war er in ihr. Sie umklammerte ihn mit den Beinen und verschränkte sie hinter seinem Rücken. Er schob kräftig sein Teil hinein und heraus bis zum nächsten Orgasmus. Beim letzten Stoß zuckte sie kurz zusammen. Hatte ihr das wehgetan? Der Boss schien es bemerkt zu haben, denn er hielt inne und strich über ihre Wunde. Die silberne Salbe war immer noch vorhanden als wäre sie frisch aufgetragen. Er setze sich auf den Bettrand, zog das Kondom ab und warf es in die Schüssel. Offensichtlich wollte er das Liebesspiel beenden. Sie rutschte trotzdem an ihn heran und schmiegte sich an seinen Rücken. Ihre Arme umklammerten ihn und seine Brust. Min küsste ihn auf den Rücken. Nun steckte sie ihre Zunge heraus und ließ diese, seinen Rücken bis zum Hals, hinaufwandern. Er genoss es sichtlich und umklammert ihre Hände. An der Schulter angekommen, knabberte sie an ihm. Biss sie ihn sanft? Er lachte auf und hob den Arm. Min rutsche sogleich darunter durch auf seinen Schoß und ergriff ein neues Kondom, was sie ihm überzog. Jetzt saß sie auf ihm und bewegte sich hin und her und auf und ab. Er hielt sie fest und umklammerte ihre Hüften. Bald kehrte Ruhe ein.

Abermals hörte Nick das Kratzen an der Wand. Han malte den dritten Strich. „Sieht schlecht aus für dich." meinte er zu Lee und grinste vor sich hin. Der winkte nur ab „Das sind noch keine fünf." Sie wandten sich wieder ihren Ferngläsern zu. Inzwischen lag der Boss auf der Seite und Min schlang ihre Beine über ihn. Sie bewegte sich und der Boss ließ es einfach geschehen. Seine Hand begann ihre Brüste zu massieren. Beide ließen sich von der Lust treiben.

Schließlich nahm er das fünfte Kondom. Sie liebkosten sich und rollten umher. Zuletzt lag Min auf ihm. Er umfasste ihre Hüfte und den Po, während er jeder ihrer Bewegungen folgte. Sie stütze die Ellenbogen auf und er hob seinen Kopf und küsste sie intensiv am Hals. Noch ein Höhepunkt!

Beide legten sich erschöpft nebeneinander. Die Ruhe währte nicht lange, denn der Boss drehte sich zu ihr. Er legte seinen Arm um Min und liebkoste sie, bevor er sie an sich drückte und festhielt, als wolle er sie niemals wieder los lassen.

Der triumphierende Han malte den letzten Strich an die Wand. „Ich hab's doch gesagt!" rief er erfreut aus, „Her mit den Plättchen!" Lee grummelte vor sich hin und reichte ihm wiederwillig, was er besaß. Nick schien immer noch nicht zu glauben, was er eben beobachtet hatte. Niemals zuvor hätte er sich vorstellen können, dass sich zwei Menschen so sehr begehren könnten und ausgerechnet diese beiden! Für ihn stand außer Frage, dass Min und der Boss ein Paar sein könnten. Sicher sorgte er sich um sie, aber bestimmt würde er das auch bei anderen Frauen tun? Nick sah weiter durch das Röhrchen. Der Boss hatte inzwischen seine Hose angezogen. Nachdem er seinen Gurt umgebunden hatte, legte er sich wieder zu ihr. Sie schmiegte sich an ihn, gab ihm einen Kuss auf die Brust und legte ihren Kopf darauf. Ihre Hand strich vorsichtig über eine Narbe unter seinem

Schlüsselbein. Er zog die Decke erst über sie und dann über sich. Seine Arme umklammerten Min. Seit Nick ihn kannte, wirkte der Boss das erste Mal entspannt und glücklich. Nick spürte zwei kräftige Arme ihn von der Wand wegziehen. „Genug gesehen!" sagte Han.

Nick ließ es keine Ruhe, was es wohl mit den Waffen und Folterinstrumenten auf sich hatte. Er fragte spontan nach. Lee antwortete, dass sie diese zusammen untersuchen würden, um ihre eigenen Waffen optimieren zu könnten. Auf die Frage, ob es je eine andere Frau für den Boss gegeben hatte, entgegnete Lee: „Der Boss hat nie überwunden, dass Min weg musste. Er lässt keine andere Frau an sich heran. Wenn sich doch mal eine an ihn ran wirft, ist er eher brutal. Am schlimmsten war es mit …" Er biss sich auf die Lippen und fügte hinzu „Jedenfalls halten sich die Frauen eher fern von ihm. Keine teilt sein Bett. Und jetzt Ruhe, Schlafenszeit!" Lee mochte kein weiteres Wort darüber verlieren und drehte ihm den Rücken zu. Die Männer legten sich nieder. Nick konnte lange nicht einschlafen. Ihn bewegten die Erlebnisse sehr. Was für ein Leben, dachte er ständig. Sie stammte von hier und gab alles auf, mit dem Zeitpunkt ihres Wegganges. Wie gelang es ihr nur, in seiner Zeit zu leben und zurechtzukommen? Alles war völlig anders! Inzwischen wusste er ja, dass sie gejagt wurde. Das stellte er sich, als Leben in ständiger Todesangst vor. Er selbst erlebte mit, wie schrecklich das war. Die einzige Lösung schien in der Tat zu verschwinden. Aber war das Leben, fern von den Menschen, die sie liebte, nun besser? Sie hatte doch dort einen Mann und ein Kind! Wussten diese von all dem? Seine Gedanken drehten sich. Er dachte an sein Leben und seine Familie. Wie gut ging es ihm doch im Gegensatz dazu! Gern hätte er jetzt seine Frau im Arm gehalten. Nick schloss die Augen. Irgendwann schlief er ein.

*

Am Morgen wachte Nick allein auf. Die beiden Männer waren bereits unterwegs. Nick fand den Weg nach unten auch ohne Hilfe. In der großen Halle angekommen, sah er den Boss und Han etwas besprechen. Sonst trug der Boss immer einen Zopf. Heute war sein Haar zu einem akkuraten Samuraiknoten zurechtgemacht. Der Boss redete eindringlich auf Han ein, Nick verstand allerdings nichts, so sehr er seine Ohren auch anstrengte. Er bemerkte nur, dass Han blasser wurde. Schließlich legte dieser eine Hand aufs Herz und hob die andere Hand zum Schwur. Daraufhin gingen beide auseinander. Als der Boss Nick wahrnahm, hielt er inne und kam auf ihn zu. „Morgen haben wir wieder genug Energie, um die Zeitmaschine zu rufen. Dann bringen wir dich zurück." sprach er zu Nick. Unerwarteter Weise fragte er Nick, wie es ihm ginge. „Wie soll es mir schon gehen? Jeden Tag eine neue Katastrophe. Immer nah am Tod!" platzte es aus Nick heraus. Er konnte sich nicht erwehren: „Wie könnt ihr so leben? Und zudem noch unter der Erde in dieser Höhle! Das ist doch schrecklich!" Der Boss packte Nick mit einer Hand am Hals, hob ihn in Augenhöhe und raunte ihm zu „Es ist gut, so wie es ist!" Jedoch besann er sich und ließ Nick herunter. Er schaute ihn eindringlich an: „Solche wie du schufen uns und unsere Welt. Aber wahrscheinlich gäbe es uns alle nicht, wenn ihr es anders gemacht hättet." Der Boss machte eine einladende Handbewegung: „Sieh dich um! Hier leben Menschen der verschiedensten Herkunft und unterschiedlicher Clans friedlich zusammen. Niemand muss Hunger leiden, keiner hat Durst. Jeder hat einen Platz zum Schlafen und eine Aufgabe. Im Vergleich zu euch ist es das Paradies. Wir leben von und mit der Natur. Es gibt keinen Müll, wie bei euch. Alle sind zufrieden, mit dem was wir haben." Zuletzt fügte er noch hinzu: „Wenn unsere Sicherheitsanlage wieder läuft, gibt es eine große Sorge weniger." Nick wollte die Gunst der Stunde nutzen und bohrte weiter „Warum hast du mich mitgenommen? So wie es aussieht, brauchtet ihr mich nicht. Im Gegenteil. Das hättet ihr auch allein hinbekommen." Doch bevor der Boss antworten konnte, flackerte ein blaues Hologramm vor dem Thron auf und formte sich langsam zu einer 3D-Ansicht. Nick erkannte auf der Oberfläche das Plateau, den Wald und die Berge, die sie durchwandert hatten. Die Gegend hinter dem Berg war ihm fremd, steil abfallende Felsen, darunter Wald. Am Rande bewegten sich Tiere. Man erkannte deutlich, dass es Raubkatzen waren.

„Die Sicherheitsanlage!" stieß der Boss erfreut aus und ließ Nick einfach stehen. Er stürmte los, in Richtung Schaltzentrale, wo Min und die Männer mit den blauen Armbinden fleißig arbeiteten. Ehe er den Raum erreichte, kam sie mit ernstem Blick heraus. Min stellt sich auf die Zehenspitzen und flüsterte dem Boss etwas ins Ohr. Seine Miene verfinsterte sich. Eine Sorgenfalte legte sich auf seine Stirn. Sie nahm seine Hand und legte etwas hinein. Sogleich drückte sie seine Hand zusammen und sah ihn an. Seine Wangenknochen bewegten sich hart. Ein kleiner Junge trat an sie heran. Seine Stirn schmückte ein hellblaues Band, zudem war er mit Pfeil und Bogen ausgestattet. Der Junge berichtete. Der Boss hörte aufmerksam zu. Sie waren aber zu weit entfernt, als dass Nick ein Wort hätte verstehen können. Der Boss starrte noch einmal in seine Hand und ballte sie zur Faust.

*

Inzwischen sprach sich die Neuigkeit zur Sicherheitsanlage wie ein Lauffeuer herum. Die Leute strömten von überall herbei und jubelten. Der Boss stieg auf seinen Thron und rief in die Menge „Freeland!" während er seine linke Hand hob und die Finger spreizte. Die Menschen antworteten ihm mit „Freeland! Freeland!" Alle rissen ihre linke Hand hoch. Erst jetzt fiel Nick auf, dass dies das Zeichen war, welches er auf dem Schild sah, damals in der Nacht, als sie zu Chan und Heda gingen, als Min so schwer verletzt war. Das Zeichen - die Strahlen - waren gespreizte Finger einer Hand.

Nun vollführte der Boss eine Handbewegung. Die Menge verstummte auf der Stelle. Er begann zu reden: „Wir haben bei uns Verantwortliche für unsere Sicherheit. Ihr Chef ist Torge. Torge mein Lieber, komm her zu mir." Er suchte in der Runde nach dem Genannten. Die Menge schob ihm bald einen alten Mann zu. Dieser kam zitternd näher. Der Boss legte seine Hand auf dessen Schulter: „Torge, du hast dich um unsere Sicherheitsanlage gekümmert. Wir brachten dir großes Vertrauen entgegen. Merkwürdigerweise fanden wir das hier in den Platinen." Er öffnete die Hand, in die Min etwas gelegt hatte und hielt den Inhalt hoch, eine Kette mit eckigen, metallischen Stücken daran. „Gehört das dir?" fragte der Boss ihn. Der Mann sprach mit bebender Stimme „Ja, ja das ist meine Kette. Ein Glück, dass du sie gefunden hast. Ich habe sie schon überall gesucht." Er wirkte sehr unsicher und blickte ängstlich drein. „Diese Kette" begann der Boss, „haben wir verkantet in den Bauteilen der Sicherheitsanlage gefunden. Sie hat dort die Schaltkreise durcheinandergebracht. Es ist unmöglich, dass sie zufällig hinein kam. Hast du eine Erklärung dafür?" Ohne auf die Antwort zu warten fuhr er fort: „Es ist sehr merkwürdig, dass so viele Bauteile defekt sind. Einige wurden sogar manipuliert. Das nennt man Sabotage!" Die entsetzte Menge rumorte. Der Mann stand immer noch zitternd da. Eine Frau trat auf ihn zu „Hast du das getan?" Darauf brach er in Tränen aus „Ja, ich war es. Sie versprachen mir, dass ich dafür in Highland begraben werde." Jeder horchte auf. Was? Der Boss redete ihn harsch an: „Wer hat dir das versprochen?! Und warum?!" Torge entgegnete verbittert „Schau mich an, ich bin ein alter Mann und mein Lebensabend ist erreicht. Ich bin in Highland geboren und aufgewachsen. Dort habe ich fast mein ganzes Leben verbracht. Also will ich auch in Highland begraben werden." „Aber Torge!" sagte die Frau. Sie schlug sich entsetzt Hände vorm Gesicht zusammen: „Hast du denn alles vergessen? Weggeworfen haben sie uns, wie Müll. Wenn Min und die anderen nicht gewesen wären, wären wir längst tot. Hier ist unser zu Hause, in Freeland! Wie konntest du nur!?" Der Boss packte Torge am Kragen „Los! Erzähl schon! Wem hast du was erzählt!" Torge allerdings sprach kein Wort mehr. Der Boss schüttelte ihn „Los! Rede!" und fügte hinzu „Ich werde dir zeigen, was Highland mit seinen Toten macht!" Torge horchte auf „Wirklich? Sie wollen doch nur Min. Wenn der Sender nichts mehr signalisiert, wissen sie, dass Min zurück ist und die Anlage repariert hat. Die Schutzanlage würde das Signal unterbrechen. Niemand sonst hätte es gekonnt. Sie hat die Apparatur gebaut und verschwand, bevor sie etwas weitergeben konnte." „Was!" schrie der Boss außer sich, „Sie wissen, wo wir sind?!" Torge verteidigte sich „Sie wollen doch nur Min! Wir interessieren sie gar nicht. Sie wollen ihr auch kein Haar krümmen, nur ein bisschen Blut von ihr!" Die Masse brüllte wütend „Verräter!" Am liebsten hätten sie ihn in der Luft zerrissen. „Sofort höchste Alarmstufe! Alle Schotten schließen." befahl der Boss. Wer noch keine Waffe trug, holte sich eine. Jemand schlüpfte in den Schaltraum und bediente die Anlage. Es waren Geräusche zu hören von sich verschiebenden Steinen und Platten. Der Boss schrie den alten Mann an „Her mit dem Sender!" Torge musterte den Boss „Wirst du mich tatsächlich nach Highland bringen?" Der rief erbost „Ich bringe dich hin und dann kannst du dort bleiben!" Torge griff zu seinem Gurt und holte ein winziges Metallstück heraus. „Gibt es noch mehr!?" fragte der Boss weiter. Torge schüttelte den Kopf. „Nur den einen." antwortete er. Der Boss ergriff es und wollte es zerstören. Min stoppte ihn: „Warte! Ich hab eine

133

Idee." Sie brauchte nicht weiterzusprechen. Der Boss hatte offensichtlich auch eine und bereits einen Plan entwickelt, denn den Sender steckte er ein und brüllte: „Sina! Du kommst mit mir. Lee du auch. Min du bleibst hier. Sven, du leitest die Verteidigung. Die Soldaten werden bald anrücken." Sina drängte sich aus der Menge. Sie sah fast aus wie Min, nur ein bisschen größer und das Haar heller. Von weitem hätte man sie leicht verwechseln können. Einen gravierenden Unterschied gab es aber. Sina war bis an die Zähne bewaffnet. Dazu gehörten jede Menge Messer, Pfeil und Bogen und ein Schwert. Min trug nie eine Waffe. Der Boss wandte sich wieder an Torge „Jetzt werde ich dir zeigen, was sie mit ihren Toten machen und mit denen, die sich freiwillig opfern." Er packte Torge am Kragen und schob ihn vor sich her. Der wusste nicht so recht, ob er sich freuen oder verzweifelt sein sollte. Meinte der Boss es tatsächlich ernst? Warum wollte der ihn dahin bringen? Sina eilte hinter ihm her. Lee stieß zu ihnen und schon waren sie aus der Halle verschwunden. Wer konnte, betrachtete das Geschehen auf dem Hologramm. Am Rand des Plateaus tauchten Gestalten in Schutzanzügen auf, außerdem unzählige Fahrzeuge. Das Fußvolk bewegte sich zügig vorwärts, die Waffen im Anschlag.

Min winkte einige Jungen zu sich „Ihr müsst sie warnen, schnell." Geschwind wie die Wiesel eilten sie der Gruppe nach. Wenig später sah man sie auf dem Hologramm. Kurz vor dem Wald holten die Kinder den Boss ein. Sie besprachen etwas, ehe er die Jungen zurückschickte.

Sven, ein junger hochgewachsener, blonder Mann,

trat an das Hologramm und rief „Simulation." Unvermittelt legte sich ein rotes Gitter über die Fläche. Min stand neben ihm: „Was hältst du davon?" Sie tippte auf ein paar Punkte. Sven stimmte zu „Gute Idee, dann sind sie in der Giftkammer. Wer dort noch herauskommt, wird von uns an dieser Stelle abgefangen." Er tippte auf weitere Punkte direkt vor dem Wald. „Wenn wir hierhin flüchten, denken sie sicher, dass sie uns geschlagen haben. Sie werden uns folgen. Schau, wir stellten dort das Todeslabyrinth fertig. Sollten noch mehr Soldaten kommen, werden wir sie an dieser Stelle besiegen können. Auf der anderen Seite kommen sie die steilen Hänge nur schwer hoch. Das wird für unsere Jäger ein leichtes Spiel." kommentierte er. „Brillant." gab Min zu. Er strahlte über das ganze Gesicht und setzte seine Ausführungen fort „In der Zeit, in der du weg warst, entwickelten wir eine Waffe gegen die Einsatzwagen der Soldaten. Lass dich überraschen. Dazu benötigen wir jedoch jede Menge Energie. Eure Reise ist damit in Gefahr. Was meinst du dazu?" „Wir können die Reise verschieben. Es ist ja eine Zeitmaschine. Freeland ist wichtiger. Nimm an Energie, was du brauchst." entgegnete sie. Sogleich teilte er die Leute ein, die prompt ihre Posten bezogen. Diverse Gruppen schickte er zur Evakuierung, für alle Fälle. Min erfreute sein Tatendrang. Der junge Mann sprühte vor Energie und Ideen. Der Boss hatte wirklich ein gutes Gespür, wer welche Fähigkeiten besaß und sich für welche Aufgabe eignete. In der Halle waren kaum noch Leute. Die Verbliebenen beobachteten angespannt die Soldaten und die Gruppe des Boss auf der 3D-Ansicht. In wenigen Augenblicken würden sie aufeinandertreffen.

Nick gewahrte, wie die ersten ihrer Leute die Verteidigungsposten und Stellungen am Wald bezogen sowie am Rande des Plateaus. Er wunderte sich. Wie waren sie so schnell dahin gekommen? Nick erinnerte sich noch gut, dass der Weg über das Plateau und durch den Wald zwei Tage dauerte. Der Boss war mit seiner Gruppe plötzlich verschwunden. Wie vom Erdboden verschluckt. Dafür kamen die Soldaten näher. Unerwartet trat Han vor Min. „Ich soll dich bei Gefahr in Sicherheit bringen. Der Boss hat es befohlen." erklärte er streng. Min entgegnete: „Hier ist es doch am sichersten? Und, ich kann nicht einfach so weg. Wir kämpfen um Freeland!" „Wenn der Boss es befohlen hat, geh mit Han." meinte Sven. Sie schien verwirrt, sagte aber entschieden „Nein. Wir verteidigen unser zu Hause!" „Tut mir leid, Min. Der Boss hat es so gewollt." murmelte Han und schlug zu. Er traf sie zwischen Hals und Schulter. Min brach mit schmerzverzerrtem Gesicht sofort zusammen. Han fing sie auf und hielt sie fest. Seine Stimme klang untröstlich: „Ich musste es dem Boss schwören, bei meinem Leben, dass ich dich woanders hinbringe, ob du willst oder nicht. Es tut mir so schrecklich leid, dass ich das tun musste." Alle sahen ihn verwundert an. Gegen den Willen des Boss' wollte jedoch keiner verstoßen, ebensowenig seinem engsten Vertrauten. Niemand hinderte Han daher, zu tun, was ihm der Boss anordnete. Er nahm Min auf eine Schulter. Unvermittelt ergriff er Nick „und dich soll ich auch mitnehmen." Han zerrte ihn mit sich. Sie verschwanden unverzüglich in einem Gang.

136

*

Unzählige Male bogen sie ab und stiegen sehr tief nach unten. Bald endete ihr Marsch vor einem Durchbruch in einer Wand. Er war groß genug, um geduckt hindurchgehen zu können. Dahinter führte ein Gleis weit in den Berg. Das Ende des Tunnels konnte man nicht sehen. Auf der Schiene befand sich ein Holzbrett, das zwei Mann Platz zum Sitzen bot. Han drehte es nach oben. „Setz dich darauf." forderte er Nick auf. Der folgte brav der Anweisung. Vorsichtig nahm Han Min von der Schulter und reichte sie Nick. Han fühlte am Hals ihren Puls. Sie war immer noch bewusstlos. „Wehe, du lässt los!" raunte er Nick zu und sah ihn ernst an. Nick hielt Min auf dem Schoß, so gut es ging. Das gestaltete sich jedoch schwierig. Das Brett bot keinen guten Halt und wackelte ein bisschen. Han setzte sich ganz dicht hinter Nick und half ihm mit einer Hand Min festzuhalten. Mit der anderen Hand legte er einen Hebel um und das Brett sauste mit ihnen auf der Schiene los. Wie auf einer Achterbahn ging es in rasender Geschwindigkeit hinab. Dunkelheit umgab sie. Man spürte allerdings, dass der Raum um sie herum, sich stellenweise verengte, so dass sie nur knapp hindurchpassten. Nach geraumer Zeit stoppte die Fahrt vor einem weiteren Loch in der Wand. Hier flackerte ein schwaches Licht. Han kletterte hinüber und übernahm wieder Min. Er zitterte leicht, als er erneut ihren Puls fühlte. Abermals lud er sich Min auf die Schulter. „Komm." flüsterte er Nick zu und packte ihn am Arm. Nachdem sie den Durchlass passierten und einige Schritte gelaufen waren, öffnete sich ein Spalt. Ein Stein verschob sich und gab den Weg frei. Han atmete ängstlich und zitterte mehr denn je. Offensichtlich fürchtete er sich vor dem, was kommen würde. Er zog Nick dicht an sich heran und ließ nicht mehr los. Sie schritten hindurch. Hinter ihnen schloss sich die Öffnung. Nun gab es kein Zurück mehr. Vor ihnen lag ein Abgrund, knapp zwei Meter tief. Darunter zog sich eine lang gestreckte Höhle hin. Licht drang von außen herein. Man konnte jedoch nicht hinaussehen und erkennen, ob dort tatsächlich der Ausgang war. Han sprang hinunter und riss Nick mit sich. Sie landeten auf ihren Füßen. Aufgeregt befahl er Nick „Los, setz dich da hin, mit dem Rücken an die Wand. Schnell!" Nick wunderte sich. Vorsichtshalber tat er, wie geheißen, denn Han sah momentan nicht aus, als würde er Widerspruch dulden. Han nahm Min von der Schulter und setze sich direkt vor Nick, so dicht es ging, ihm den Rücken zugekehrt. Er hielt Min nun auf dem Schoß, fest in seinen Armen. „Hey, was soll das?" fragte Nick, dem es zu eng wurde. „Psst." flüsterte Han, „Sonst kommen sie. Ich hoffe nur, dass der Boss Recht behält und alles gut geht." Han zitterte wie Espenlaub und hatte Mühe, Min im Arm zu halten. „Wie? Wer kommt? Die Soldaten?" fragte Nick. „Schlimmer." antwortete Han, „Viel schlimmer."

Da hörten sie ein Grollen. Han begann Min auf die Wangen zu klopfen. „Wach auf. Bitte wach auf." flüsterte er ihr ängstlich zu. Doch sie kam nicht zu sich. „Ich hab dem Boss ja gleich gesagt, dass ich noch nie jemanden K.O. geschlagen habe." schimpfte er leise vor sich hin, „Das kann nur schief gehen." Nick wurde kalt und heiß. Das Geräusch wurde lauter und endete in wildem Fauchen. Bald erkannten sie Tiere. Ein Rudel großer Wildkatzen näherte sich. Tiger! Sie mochten eindeutig keine Besucher. Nick wollte in Panik aufspringen, allerdings gelang es nicht. Der bibbernde Han saß ja vor ihm und presste ihn mit dem Rücken an die Wand. Die Tiere umzingelten sie. Han versuchte Min dichter an sich zu drücken. Eine große Katze schob sich aus der Meute und witterte. Han kniff die Augen zu und drehte den Kopf weg. Jetzt sah Nick das Raubtier genauer. Ihm stockte der Atem. Große, weiße Zähne blitzten auf. Es kam vorsichtig nah an Min heran. Plötzlich begann die Wildkatze an ihr zu lecken, erst zaghaft am Arm, danach am Gesicht. Der Argwohn wich augenscheinlich. Die Tiere wurden ruhiger. Unzählige näherten sich. Bei zehn hörte Nick auf zu zählen. Sie stupsten und leckten an Min, als wollten sie sie dazu bewegen, aufzustehen. Han erhielt ebenfalls einen Zungenschlag. Mit einem tiefen Seufzer schreckte der dabei zusammen. Er wirkte sichtlich erleichtert, dass sie ihnen nichts taten. Die Tiere drängten sich ganz dicht an Min heran, als wollten sie kuscheln. So saßen sie nun, eingeklemmt zwischen den Wildkatzen. Sie kamen nicht weg, aber Min wachte auch nicht auf. Han versuchte mehrmals sie zu wecken. Er schlug behutsam auf ihre Wangen und massierte ihre Hand. Trotzdem passierte nichts. Sie warteten.

*

Draußen setzte die Dämmerung ein. Ein Schatten bewegte sich am Höhlenrand. Erst dachten sie, es sei ein weiteres großes Tier. Erfreut erkannten sie bald den Boss. Geduckt und zum Teil auf allen Vieren näherte er sich langsam. Er raunte dabei „Naruma. Naruma." wobei er die Worte lang hinzog. Durch seine tiefe Stimme hörte es sich fast an, wie das Grollen der Tiere. Sein langer Zopf rutschte über seine Schulter. Der Samuraiknoten vom Morgen hatte sich offensichtlich gelöst. Einige Wildkatzen standen auf und schnupperten an ihm. Sie ließen jedoch schnell von ihm ab und geleiteten ihn zu den drei Wartenden. Besorgt sah der Boss, dass Min noch immer bewusstlos war. Er musterte Han streng. Der antwortete geschwind „Ich hab es exakt so gemacht, wie besprochen. Sie ist allerdings noch nicht aufgewacht. Ich hab doch gleich gesagt, dass ich das nicht kann. Hab noch nie jemanden nur K.O. geschlagen." Der Boss ignorierte seine Worte und fragte lediglich „Wo hast du sie getroffen?" Han zeigte auf die Stelle zwischen Hals und Schulter. Der Boss fühlte selbige vorsichtig ab. Seine Miene wurde ernster. Darauf holte er aus dem Ende seines Gurtes zwei kleine Steine heraus. Er sagte scharf zu Han, „Bete, dass sie aufwacht, sonst kommen wir hier nicht heraus." Die Steine rieb er aneinander und hielt ihr erst den einen unter die Nase, danach den anderen. Sie bewegte sich und öffnete schließlich die Augen. Die Tiere bemerkten es und sprangen auf. Min erkannte sofort, wo sie sich befanden. Sie löste sich von Han und redete in ihrer seltsamen Sprache zu den Wildkatzen. Anscheinend freute sie sich, bei ihnen zu sein. Min begann das erste Tier am Hals zu rubbeln und übers Fell zu streicheln. Das schnurrte wie eine Stubenkatze und schloss die Augen. Die anderen näherten sich. Eines legte seinen Kopf auf ihre Schulter. Sie kraulte die

Wildkatze. Ein weiteres Tier steckte seinen Kopf unter ihrem Arm durch. Auch dieses streichelte sie. Daraufhin leckte es dankbar an Min. Der Boss bekam von der Katze auch einen feuchten Zungenschlag ab. Min ging der Reihe nach von Tier zu Tier und schmuste mit jedem. Sie ließ keines aus. Han und Nick klappte vor Erstaunen der Unterkiefer herunter. Als nächstes nahm sie Han bei der Hand und zog ihn leicht hoch. Der Boss begann in Richtung Ausgang zu krabbeln. Han folgte ihm in der gleichen Art und Weise. Min reichte Nick die Hand. „Meine Beine sind eingeschlafen." meinte er. „Das macht nichts. Dann siehst du für sie wie ein Verletzter aus. Die lassen sie in Ruhe. Immer schön langsam bewegen." erwiderte sie. Mit einem Ruck zog sie an Nick, damit er aus seiner Sitzhaltung herauskam. Nick musste ein Stück seitlich und auf dem Bauch robben, bevor das Gefühl in seine Beine zurückkehrte. Nun gelang es ihm, den anderen auf allen Vieren hinterher zu kriechen. Die Wildkatzen schlichen immer um sie herum. Min folgte als Letzte.

Draußen warteten schon der Boss und Han auf einer Lichtung, welche dichter Wald säumte. Rechterhand führte ein schmaler Pfad nach oben. Man musste allerdings einen Absatz hochklettern, um ihn zu erreichen. Nick stand eben mit Mins Hilfe auf, als drei Männer aus dem Wald traten. Jeder hielt eine Armbrust im Anschlag. Sie selbst waren die ganze Zeit nur mit sich und den Tieren beschäftigt gewesen und hatten nicht auf die Umgebung geachtet. Ein Fehler, wie sich zeigte. „Na, wen haben wir denn da! Wenn das nicht der Boss ist!" rief einer der Männer erfreut aus und musterte den Boss von oben bis unten. „Das Glück ist auf unserer Seite! Die Höchstprämie gehört uns!" „Oh! Und hier! Ein höchst seltener Vogel!" er zielte auf Min und pfiff vergnügt, „Die Leute behaupten, dass du verschwunden seist. Schön, dass es bloß ein Gerücht ist."

Verdammt! Kopfgeldjäger! Min wich einen Schritt zurück und hob dabei die Hände. Plötzlich sprangen die Wildkatzen los und rissen die drei Männer um. Mit wildem Fauchen bissen die Tiere auf sie ein. Die Drei schrien wie wild, aber nur kurz. Es bot sich keine Chance zur Gegenwehr. Sie wurden regelrecht zerfetzt. Der Boss griff nach Nick und schob ihn hinüber zu Han. Sie kletterten schnell auf den Vorsprung und auf den Pfad, den sie gesehen hatten. Min starrte auf die Meute. Der Boss rannte zu ihr, fasste sie bei den Schultern und sah ihr in die Augen. „Es sind nun mal wilde Tiere." sagte er und hielt inne. Einen Moment später zog er sie mit sich. Bevor er selbst auf den Vorsprung kletterte, half er ihr hoch. Der Boss nahm Min wortlos an die Hand und führte sie den Weg empor. Nick und Han folgten ihnen, obgleich sie sich wunderten, warum der Boss sie an der Hand hielt. Das hatte er noch nie zuvor getan.

Der Boss ging ungewöhnlich langsam. Bald würde es dunkel sein und sie befanden sich weitab von der sicheren Höhle. Nick grübelte. Warum lief er anders als gewohnt? Es schien sogar, dass er langsamer wurde anstatt schneller zu laufen. Da stimmte etwas nicht! Min fasste sich andauernd an die Schulter und blieb schließlich stehen. Der Boss drehte sich zu ihr um und konnte sie gerade noch auffangen. Sie war einfach zusammengebrochen. Han wurde schlagartig bleich. Der Boss legte Min vorsichtig auf den Waldboden. Er zog ihren Anzug am Hals ein Stück auf. Trotz Dämmerung sah man deutlich, dass eine Schwellung entstanden war, dort, wo Han sie getroffen hatte. Eine Verfärbung zeichnete sich ab. Han wich erschrocken zurück: „Das war keine Absicht! Ehrlich Boss! Wie gesagt, ich hab noch nie jemanden K.O. geschlagen!" Der Boss antwortete ruhig: „Schon gut. Du trafst nur die ungünstigste Stelle überhaupt." Er überlegte einen Augenblick und wandte sich an Han „So können wir sie keinesfalls zurückbringen. Das würde Panik auslösen. Hol Wood. Wir treffen uns beim alten Baumhaus." Han stürzte los und rannte wie um sein Leben. Gewandt sprang er über diverse Hindernisse hinweg. Wenig später war er verschwunden. Der Boss hob Min behutsam hoch. Er steckte seinen Arm unter den ihrigen und legte ihren Kopf auf seine Schulter. Dann nahm er ihre Knie und richtete sich auf. Er eilte davon und bog in den Wald ein. Nick folgte ihm. Sie gingen tiefer hinein. Der Wald wurde dichter, so dass man kaum noch den Himmel durch die Wipfel sehen konnte. Schließlich hielten sie vor einem hohen Baum. Er ließ ihre Knie los und kletterte wie ein Affe geschickt den Baum empor, Min im Arm. Mit kräftigem Schwung ergriff er den nächsten Ast über sich und durchbrach oben die Blätterkrone. Keine Minute dauerte dies! Nick stand sprachlos unten und staunte über diese Akrobatik. Der Boss ließ ein Seilende herunter. „Bind es um." rief er Nick zu. Dieser tat, wie geheißen. Sofort zog ihn der Boss hoch. Oben angekommen, bemerkte Nick eine Art

Baumhaus, gut geschützt von jeder Seite. Es fehlte allerdings ein Dach. Außerdem schien es ziemlich alt zu sein. Jemand hatte allerdings diverse Bretter ausgebessert. Min lag in der Mitte. „Rühr dich nicht vom Fleck und pass auf sie auf." befahl der Boss Nick, „Ich bin gleich zurück." Sogleich schwang er sich vom Baum an der anderen Seite wieder herab. Nick setzte sich neben Min. Der Mond und der sternenklare Himmel ermöglichten gute Sicht, auch ohne Nachtsichtbrille. Nick rutschte dichter an sie heran. Er fühlte ihren Puls am Hals. Der kam ihm schwach vor. Die Schwellung empfand er als heiß. Nick grübelte vor sich hin. Wie stark musste Han zugeschlagen haben, dass eine solche Entzündung entstand? Und dann noch in so kurzer Zeit! In der Höhle der Wildkatzen schien es ihr gut gegangen zu sein. Oder wurde sie doch von den Kopfgeldjägern verletzt? Hatten sie irgendwas übersehen oder nicht bemerkt? Er dachte über das Geschehene nach. Nein, ihm fiel nichts ein, was es verursacht haben könnte. ‚Welch Unglück!' kam es ihn in den Sinn. Han wollte sie retten und dadurch stand es nun schlecht um sie. Vielleicht wäre nichts passiert, wenn sie bei den anderen geblieben wären, in der sicheren Höhle.

*

Fast geräuschlos tauchte der Boss wieder auf. Nick schreckte zusammen, als er seinen ersten Schritt auf dem Holz hörte. Der Boss brachte Blätter und Schlamm mit. Er kniete sich neben sie und schnitt ihren Anzug etwas an der Schulter auf, um besser an die verletzte Stelle heranzukommen. Bevor er die Blätter mit einem Messer zerhackte, zerknüllte er sie.

Die Masse legte er auf die Schwellung an ihrer Schulter und ihren Hals. Darüber packte er den Schlamm. Dieser trocknete bald an. Trotz der Dunkelheit konnte man die tiefe Sorge um sie in seinem Gesicht ablesen. Er strich ihr sanft über die Wangen und setzte sich neben sie. Nick fiel auf, dass der Boss verändert wirkte. War es die Sorge um sie oder gar Verzweiflung? Worüber dachte er gerade nach? Nick quälten unzählige Fragen. Dennoch fragte er nicht. Sie warteten.

Nach etlichen Stunden erklomm jemand den Baum. Sie erkannten Han. Völlig abgehetzt, keuchte er heftig. Zudem trug er etwas Schweres auf dem Rücken. Einen kleinen Mann! Der grummelte vor sich hin, weil Han ihn unsanft absetzte und ihm mit letzter Kraft einen Beutel in die Hand drückte. „Diese jungen Leute auch. Keine Ruhe und keine Vorsicht. Da sind wertvolle Medikamente drin!" Sein Alter ließ sich schwer schätzen. Zumindest schien er kein junger Mann zu sein, denn weiße Strähnen schimmerten in seinem Haar. Nick war schon einigen Kleinwüchsigen begegnet, aber dieser Mann war wirklich klein. Obwohl er aufrecht stand und der Boss saß, ragte der Boss über ihn hinaus. Als der Mann Min sah, bekam er einen Schreck und trat sofort heran. Der Boss machte Platz und sagte ruhig „Gut, dass du da bist, Wood." Dieser beschäftigte sich längst mit der Untersuchung. „So, so. Dort am Hals hast du sie getroffen, Han? Wie kann man nur so brutal sein zu einer so zarten Frau. Mhmmm. Wenn ich mich recht entsinne, hatte sie da eine schwere Verletzung, die nie ganz verheilte." Er blickte den Boss an, der nickte. „Verdammte Pfeilspitze mit Widerhaken! Sie ist also nicht von allein aufgewacht?" fuhr Wood fort, „Wie habt ihr sie wach bekommen?" Der Boss holte die kleinen Steine heraus und reichte ihm einen davon. Wood roch kurz daran „Oh, wie clever. Sehr ungewöhnlich, aber effektiv. Das Zeug weckt selbst Tote." Er gab dem Boss den Stein zurück „Du musst gut darauf aufpassen. Das sind wirklich seltene Exemplare. Falls du noch einmal welche findest, bring mir bitte welche mit." Er begutachtete den Verband und brabbelte vor sich hin „Sehr gut, sehr gut. Hätte ich früher auch zuerst versucht. Aber schlimm sieht es aus, da reicht das keineswegs. Ich vermute, dass der Widerhaken, der uns damals entwischt ist, verrutscht ist und innere Verletzungen hervorgerufen hat. Beklagte sie Kopfschmerzen, ehe sie zusammenbrach?" „Sie hat kein Wort darüber verlauten lassen." entgegnete Han spontan. „Na das wundert mich nicht." brummelte Wood ihn erneut an. Der Boss äußerte sich ruhig „Sie hatte Schmerzen und zuletzt konnte sie nichts mehr sehen." Nick rief verwundert „Aber sie ist doch gelaufen, von der Raubtierhöhle an, den Weg bergan?!" Wood schimpfte „Was?! Soweit habt ihr sie noch laufen lassen?! Trotzdem ihr sie mit solchen harten Mitteln wecken musstet?!" Der Boss erklärte Nick „Sie kennt den Weg im Schlaf. Nur, wo es Veränderungen gab, trat sie unglücklich auf. Das hast du sicher bemerkt." Wood schüttelte den Kopf. Er wunderte sich scheinbar nicht wirklich. Offensichtlich kannte er Min gut und konnte allzu gut nachvollziehen, dass außer dem Boss keinem etwas auffiel. Schließlich sagte er „Da müssen wir mal sehen, was wir tun können." Er breitete aus, was er an Medikamenten und Heilmitteln besaß. Wood zählte jedes Teil einzeln auf und kommentierte, wofür es gut war. Zuletzt grummelte er vor sich hin, weil nichts Geeignetes dabei war. „Sie hat doch stets Wundermittel dabei." merkte der Boss an, „Vielleicht wirst du bei ihren Sachen fündig?" Sie kramten aus ihrem Gurt und den Taschen alles heraus. Wood bestaunte jedes Exemplar „Welch Raritäten, wunderbar." Etliche Blätter waren sorgsam in ein Tuch gewickelt. Andere zusammengebunden. Beinahe gaben sie die Hoffnung auf, etwas zu finden. Da entdeckten sie ein winziges, gelbes Blatt, kaum größer als ein halber Fingernagel. Wood kam aus dem Staunen nicht mehr heraus „Das ist es! Ja, das hilft weiter! Ein ganz besonderes Exemplar. Sehr selten. Soweit mir bekannt ist, wächst es nur noch in Hollow. Keine fünf Pflanzen gibt es mehr davon." Er nahm es vorsichtig mit einer Pinzette auf. „Das muss einer zerkauen." murmelte Wood und schaute in die Runde, „Nein, wir können das nicht tun. Für uns ist das Gift. Schlecht! Sie muss." Die Männer sahen sich fragend an. Wood öffnete vorsichtig ihren Mund und schob das Blatt hinein. Er bewegte ihren Unterkiefer. Der Boss hielt dabei ihren Kopf. Das Blatt wurde so zermalmt. „Jetzt müssen wir es gut platzieren. So tief wie möglich in die Schulter, aber keine Nerven, keine Sehnen und keine Blutbahn treffen." murmelte er vor sich hin. Er drückte dem Boss die Pinzette mit dem Blatt in die Hand „Gut festhalten!" Sorgsam entfernte er den Schlamm sowie die Blätter von ihrer Schulter und reinigte die Stelle gründlich. Als nächstes holte er einen schmalen Metallstab aus seinem Gürtel. Er setzte selbigen unter der Anschwellung an. „Das sollte die beste Stelle sein" murmelte Wood und drückte auf das Metall. Es teilte sich in eine Hülse und eine spitze flache Klinge. Vorsichtig steckte er die Schneide in ihre Schulter. Dann schob er die Hülse darüber. Diese trat tief in ihre Schulter ein. Er zog die Klinge heraus. So steckte die Hülse in ihr, nur ein kleines Stück ragte noch heraus. Wood reichte Nick das Messer „Halt mal." Der griff sofort zu. Wood nahm dem Boss die Pinzette ab und steckte das Blatt in das Metallröhrchen in ihrer Schulter. Aus seinem Gürtel holte er einen Stift. Mit dem schob er das Blatt durch das Röhrchen. Letztlich zog er vorsichtig das Metallteil heraus. Es floss kein einziger Tropfen Blut. Wood begutachtete das Röhrchen. Leer! Unerwartet rief er „Du meine Güte!" Mit der Pinzette zog er ein Stück eines Widerhakens vom Metallröhrchen ab. „Da ist ja dieses verdammte Ding, das uns so viel Kummer gemacht hat!" brummte Wood, „Jetzt haben wir es endlich!" Zufrieden meinte er „Das hat ja besser geklappt als gedacht. Nun üben wir uns in Geduld und warten bis sie erwacht." Sie packten alles wieder ein. Han holte grüne Plättchen heraus und verteilte diese. Nach der Nahrungsaufnahme schob er Nick zum Ende des Baumhauses. Er schlang ein Seil um den Holzpflock, der dort herausragte und sagte zu Nick: „Setzt dich hin. Wir binden uns besser fest, bevor wir einschlafen, sonst fallen wir noch hinunter." Nick war in der Tat müde, so sehr, dass er nicht diskutierte und sich einfach setzte. Han drängte sich neben ihn und band sich mit Nick zusammen. Bald schliefen sie ein. Der Boss nahm neben Min Platz, ebenso Wood. Beide blieben wach.

Am Morgen weckte Han Nick. Wood untersuchte gerade Min. Die Schwellung schien zurückgegangen zu sein, trotzdem wachte sie nicht auf. Der Boss ließ Wood keine Sekunde aus den Augen. Schließlich brummte dieser „Also, du musst mir schon vertrauen. Das dauert halt. Hab Geduld." und etwas sanfter: „Keine Angst. Du verlierst sie nicht." Han begann abermals „Es tut mir so schrecklich leid. Das wollte ich keinesfalls." Der Boss antwortete ihm: „Mach dir keine Sorgen. Ihr wart in Sicherheit, das war wichtig. Die Soldaten drangen bis zu unserem Kontrollraum vor. Torge verriet ihnen anscheinend doch einen Geheimgang. Wie ich sie kenne, wäre sie dageblieben und hätte gekämpft. Freeland lag ihr immer am Herzen. Die Soldaten schossen mit neuartigen Waffen um sich. Sie hätten Min sicher gefangen oder zumindest verletzt, wenn nicht noch schlimmer. Letztendlich konnten wir die Soldaten zwar besiegen, aber wir erlitten große Verluste. Wir haben nicht wirklich gewonnen." Han schaute ihn mit offenem Mund an. Der Boss fuhr fort. „Dank Sina und Lee gelang es uns sogar, einen Großteil ihrer Aufzeichnungen zu vernichten. Nur wenn jemand von ihnen überlebt hätte, könnte er mit dem Rest etwas anfangen. Allerdings verbrauchten wir die ganze Energie für die Verteidigung. Für die Zeitmaschine ist nichts übrig. Wir müssen also sowieso warten, bis sie aufgeladen ist." Das beruhigte Han ein wenig. Die Höhle der Wildkatzen war so abgelegen, dass sie vom Geschehen nichts mitbekamen. Auf dieser Seite des Berges versuchte tatsächlich niemand, Freeland anzugreifen. Lediglich die Kopfgeldjäger kamen auf die Idee, sich von dort anzuschleichen. Es hatte ihnen dennoch nichts genutzt. Den Wildkatzen wären sie so oder so nicht entkommen und spätestens am Weg hätte man sie bemerkt, auf der 3D-Ansicht der Sicherheitsanlage. Die funktionierte ja wieder, Gott sei Dank!

Sie saßen weiter herum und taten nichts. Nick grübelte vor sich hin. Die Heimreise verschob sich erneut. Was für ein Rückschlag! Hatte er doch am Vortag Hoffnung geschöpft, dass es endlich vorbei sei und sie nach Hause kämen. Aber vielleicht hieß das auch, dass Ruhe einkehrt, keine Soldaten, kein Kampf, keine Katastrophen. Andererseits befanden sie sich in einem Baumhaus. War man hier überhaupt sicher?

Gegen Mittag, prüfte Wood erneut Mins Befinden. Sichtlich zufrieden sagte er zum Boss „Jetzt noch ein paar von deinen zauberhaften Blättern. Vielleicht gibt es ja irgendwo auch Wasser?" Der Boss ließ sich das nicht zweimal sagen. Er schwang sich in die Blätterkrone und den Baum herunter. Dabei verursachte er kaum Geräusche. Kurz darauf kam er zurück. Seine Wasserflasche war aufgefüllt. Zudem brachte er eine Handvoll grüner, länglicher Blätter mit. Wood zerhackte die meisten davon auf einem Tuch und fügte anschließend mehrere Tropfen einer Tinktur hinzu. Es entstand eine zähe Masse, die er auf ihren Hals und die Schulter packte. Danach legte er die restlichen Blätter darüber und drückte sie fest an. Er setzte sich und trank vom Wasser. Da die anderen ihn erstaunt anstarrten, gab er es an sie weiter. Sie warteten weiter. Han verteilte später die grünen Plättchen zum Essen. Als die Dämmerung einsetzte band Han sich wieder mit Nick zusammen. Wood machte es sich auf der gegenüberliegenden Seite des Baumhauses gemütlich. Er legte sich derart hin, dass er Min im Auge behalten konnte. Nachdem die anderen eingeschlafen waren, legte sich der Boss neben Min. Zärtlich strich er über ihr Gesicht und legte sanft seinen Arm um sie.

Bei Sonnenaufgang erwachte Min zuerst. Ihre Bewegung weckte den Boss. Er umarmte sie augenblicklich, wobei er erleichtert aufatmete. Sie lächelte ihn an und nahm sein Gesicht in die Hand. Wood blinzelte und freute sich. Sein Grinsen reichte von einem Ohr zum anderen. Der Boss bemerkte es und ließ Min rasch los. Gerade noch rechtzeitig, bevor Han und Nick die Augen öffneten. Han schien ein Stein vom Herzen zu fallen. Er entschuldigte sich bei ihr. Wood prüfte die Schulter. „Sehr gut." sagte er danach, „Na dann, ab nach Hause." Kurzerhand ließ der Boss Nick an einem Seil herunter. Min wollte sich am Ast herunterhangeln, aber Wood hielt sie auf. Er bestand darauf, dass sie nicht kletterte. Keine Anstrengung für den Arm. So ließ der Boss sie und Wood ebenfalls am Seil hinab. Er und Han kletterten den Baum herunter. Gemeinsam stiegen sie den steilen Weg weiter empor. Wood brummelte fortwährend vor sich hin „Diese großen Menschen müssen auch immer so schnell gehen. Keine Rücksicht auf kleine Leute." Davon genervt, schnappte Han sich Wood und trug ihn auf dem Rücken weiter. Der grummelte fortan über das, was ihn streifte oder nicht streifte, Bäume, Zweige, Steine, eben alles. Der Boss schaute sich gelegentlich um und schmunzelte vor sich hin. Endlich erreichten sie den Haupteingang. Ein Beobachtungsposten erspähte sie. Die Rufe ihrer Ankunft eilten ihnen voraus. Bald standen sie in der Höhle mit dem Thron und wurden freudig begrüßt. Ihnen entging keineswegs, dass es viele Verletzte gab und die Wände und Tische mit Kerben und Löchern übersät waren. Etliche Menschen vermisste Min. Die betretene stumme Antwort auf ihre Nachfrage ließ keinen Zweifel offen, was ihnen widerfahren war.

Später versammelten sie sich in der großen Halle und nahmen an den Tischen und am Boden Platz. Es wurde ausgewertet, was sie erlebt hatten. Die Leute erfuhren, dass der Boss Torge in die Verwertungsanlage von Highland brachte. Sie kaperten dazu ein Fahrzeug der Soldaten und fuhren zur Abfallgrube. Von dort gelangten sie in die Verwertungsanlage hinein. Erfreulicherweise stellten sie fest, dass es keine Menschen und keine Überwachungsroboter gab. Lediglich Verarbeitungsmaschinen verrichteten ihre Aufgabe. Offensichtlich hielt niemand diese Anlage für schützenswert. Zufälligerweise wurden eben Tote angeliefert. Torge sah mit eigenen Augen, wie diese ausgeschlachtet wurden. Ihr Fleisch wurde zu Lebensmitteln verarbeitet sowie zu grünen und blauen Plättchen. Alles, selbst die Knochen, wurde verwertet. Für Torge war es ein Schock. Nie im Leben hätte er so etwas für möglich gehalten. Er erlitt plötzlich einen Herzanfall und starb. Zusammen mit dem Sender ließen sie ihn dort. Sina brachte sie auf die Idee, die Computer anzuzapfen. Sie waren überzeugt davon, dass das Torge-Projekt der Soldaten zwar geheim war, aber nicht als heiße Spur galt. Min war schon zu lange weg, die Wahrscheinlichkeit gering, dass sie

auftauchen würde. Dennoch konnte es klug sein herauszufinden, was die Soldaten wussten. Das riskante
Unterfangen dauerte sehr lange, schließlich gelang es
Lee, den Code zu knacken. Sie löschten an Daten, was
relevant erschien. Den restlichen Teil verfälschten sie.
Da keiner der Soldaten überlebte und auch kein Ar-
meefahrzeug übrig blieb, sollten sie wieder sicher
sein. Die Schutzanlage von Freeland lief immer noch.
Sven berichtete, dass circa zwanzig Soldaten durch
einen Geheimgang eingedrungen waren. Sie kämpften sich bis zum Kontrollraum vor und wüteten heftig. Letztlich wurden sie überwältigt. Die Techniker
verwendeten die restliche Energie, um die Waffen,
Fahrzeuge und Anzüge der Soldaten zu vernichten.
Sven wurde gelobt für seine strategischen Fähigkeiten. Ohne ihn wäre der Kampf garantiert noch un-
günstiger ausgegangen. Er sprühte vor genialen
Ideen, für Freeland unbezahlbar. Zoe konnte vermel-
den, dass die Pflanzen sich erholten und die Ernte
gerettet sei. Es hatte kein Soldat den Weg dorthin
gefunden. Das waren, trotz allem, gute Nachrichten.
So wurde entschieden, sofern sie wieder über genügend Energie verfügten, diese für die Zeitmaschine zu
verwenden, egal was käme. Angesichts der Verletzten
und Toten fiel die Siegesfeier aus. Sie gedachten
stattdessen der verlorenen Angehörigen und Freun-
de. Insgesamt wirkten sie erleichtert über den Ausgang der Ereignisse und darüber, dass es Min gut
ging. Letztlich begaben sie sich zur Nachtruhe. Wood
bestand jedoch darauf, dass Min die Nacht in seiner
Krankenstation verbrachte.

*

Am Morgen wachte Nick abermals allein auf. Er fand den Weg in die Halle schnell. Das Hologramm schwebte noch im Raum. Einige Männer beobachteten es aufmerksam. Sie bemerkten Nick und grüßten ihn. Ansonsten entdeckte er keine Besonderheiten oder Auffälligkeiten. Er überlegte, wohin er gehen sollte. In der Vergangenheit hatte ihn immer eine Person begleitet. Stets wies ihm jemand den Weg oder sagte, was er als nächstes zu tun habe. Heute nicht, weder Han noch Lee waren in Sichtweite. Er suchte sich einen Platz und setze sich, konnte aber nicht lange verweilen. Eine ältere Dame trat auf ihn zu und sprach ihn an: „Du musst Nick sein. Ich bin Kara und für alle hungrigen Mäuler zuständig. Komm, mein Junge. Bei mir gibt es etwas zu essen." Sie führte ihn zu einem Quartier, in dem es sehr lecker duftete. Etliche Leute und zahlreiche Kinder saßen an einem Tisch. Die Dame stellte Nick eine Schale Brei und Brotscheiben hin „Das wird dir gut tun. Lass es dir schmecken." Nick zögerte nicht lange und ließ sich das Mahl munden. Plötzlich umringten ihn die Kinder und fragten neugierig „Kommst du zu unserem Training? Min sagt, du bist Karatemeister und kannst uns noch ganz viel beibringen." Nick hätte sich fast verschluckt. Er konnte gerade noch seinen Bissen herunterwürgen und entgegnete „Ich weiß nicht so recht. Erlaubt der Boss das? Und wie komme ich überhaupt zu euch?" Damit hatte er wirklich zuletzt gerechnet. Er befürchtete eher eine weitere Katastrophe, stattdessen dies. Ein Junge meinte „Wir holen dich ab. Okay? Bestimmt bist du im Thronsaal zu finden, oder?" Zur Antwort kam Nick nicht. Die Dame scheuchte die Kinder weg „Nun lasst ihn endlich in Ruhe. Er muss sich erst stärken." Die Rasselbande stürmte davon. Nach dem Essen führte ihn Kara zurück in die Halle. Dort traf er den Boss. Er machte sich gerade ein Bild über die Lage, via Hologramm. Es sah ringsherum friedlich aus. Keine Soldaten. Als er Nick bemerkte, kam er auf ihn zu „Min sagt, du bist ein Karatemeister und Trainer. Wood lässt sie nicht aus der Krankenstation und verbietet ihr jegliche Anstrengung. Könntest du die Ausbildung der Kinder übernehmen?" Nick stand vor Überraschung der Mund offen. Er wollte zur Diskussion ansetzen, doch der Boss setzte seine Zustimmung voraus „Na dann, komm mit." Sogleich stapfte er voran und Nick folgte ihm. Nach endlosen Gängen erreichten sie eine Höhle. Dort befanden sich jede Menge Kinder. Sie trainierten, wie man unschwer erkennen konnte. Einige benutzten dabei Stöcke oder Holzschwerter. Nick staunte. Die Kleinen bewegten sich wie erfahrene Kämpfer. Er überlegte, was er ihnen beibringen könnte. Der Boss stellte ihn vor „Ihr habt ja alle schon Nick gesehen. Er ist Karatemeister. Wood will Min noch bei sich behalten. So wird er mit euch üben. Zeigt ihm zuerst, was ihr bereits gelernt habt." Die Kinder freuten sich und begannen ihre Show. Nick verschlug es den Atem, als er die Kleinen beobachtete. Diesen Feuereifer wünschte er sich auch bei seinen Schülern, in seiner Zeit. Während der Vorführung fielen ihm doch einige Dinge auf, die man verbessern konnte. Prompt war er in seinem Element. Der Boss setzte sich etwas abseits und ließ Nick arbeiten. Die Stunden verrannen wie im Fluge. Schließlich beendete der

Boss das Treiben und schickte die Kinder zum Spielen. Nick empfand insgeheim Wohlbehagen. Ja, Karate war sein Leben. Die Arbeit als Trainer liebte er über alles. Er fühlte sich besser denn je. Bereit, die große Halle zu erreichen, lief er dem Boss hinterher. Der Weg, den sie nahmen, mündete jedoch an einem anderen Ort. Sie standen vor einer Höhle, in der sie Wood und Min wiedersahen. Er strich ihr eben eine weiße Salbe auf die Verletzung am Hals bzw. an der Schulter. Sie hörten ihn noch Anweisungen geben: „Merk dir: Nichts anheben, nicht klettern, kein Training und keinesfalls etwas, das anstrengt. Und lass niemanden auf diese Stelle schlagen." Als sie eintraten brummelte Wood den Boss sofort an „und du, lass Min sich erholen! Nicht, dass du sie gleich wieder zu einem Einsatz schickst. Das schlag dir ja aus dem Kopf!" Der antwortete spontan „Dann muss ich mir wohl jemand anderen suchen." Der Boss grinste dabei. So murmelte Wood weiter „Niemals nehmen sie einen kleinen Mann ernst. Aber sie werden schon sehen, was sie davon haben." Unbeachtet dessen fragte der Boss „Darf sie die Krankenstation wieder verlassen?" Wood gab brummend zur Antwort „Ja, ja, sobald sie Salbe trocken ist." Der Boss wandte sich an Min „Gut, dann überlasse ich dir Nick." Augenblicklich machte sich der Boss auf seinen Weg. Nick wartete, bis Wood sie endlich gehen ließ. Sie bedankte sich herzlich bei ihm und drückte ihn. Nachdem sie ein Stück entfernt waren, sagte sie „Wood ist ein Meister seines Faches. Er kann einfach alles heilen." Nick drehte sich einen Moment um und stellte fest, dass Wood es offensichtlich gehört hatte. Mit stolz ge-

156

schwellter Brust vernahm er die Worte. Er schmunzelte zufrieden und sein Grinsen zog sich von einem Ohr zum anderen. Sogleich trollte er sich und brummelte weiter vor sich hin.

Auf dem Weg zum Thronsaal löcherte Nick Min mit Fragen. Sie wich meistens aus. Kurz vor dem Ziel angekommen, warf er ihr schließlich an den Kopf „Wie kannst du so leben? Zwei Leben, zwei Männer?" Sie verharrte und drehte sich um. Min sah ihn ernst an und antwortete „Dieses Leben hier existiert für mich nicht mehr. Mit dem Zeitpunkt, an dem sie mich durch die Zeit geschickt haben, endete es. Ich nahm Annas Platz ein. Seitdem bin ich Anna. Für einen Moment habe ich wohl geglaubt, dass es wie früher sein könnte, als wäre nichts geschehen. Aber das war eine Illusion. Ich kann unmöglich hierbleiben. Du hast es selbst erlebt. Für dich wird es auch bloß ein Traum sein, wenn wir zurück sind. Wir werden lediglich wenige Minuten unterwegs gewesen sein." Sie starrte Nick an und wurde eindringlicher „Du darfst niemandem darüber erzählen, sonst halten sie dich für verrückt. Keiner wird dir glauben, dass du viele Wochen weg warst. Das Erlebte hat nie stattgefunden. Du hast keinen einzigen Beweis. Ich werde keine deiner Schilderungen bestätigen." Sie fügte noch hinzu. „Der Boss darf nie erfahren, dass es in meinem neuen Leben einen Mann gibt und ein Kind. Diesen Schmerz könnte er niemals verwinden." Nick bohrte weiter „Liebst du den Boss?" Sie antwortete ohne Zögern: „Mehr als alles in der Welt." Min drehte sich um, um weiter zu gehen. Doch der Boss versperrte ihr den Weg. Er hatte offenbar ihr Gespräch gehört. Erst strich er mit seiner Hand über ihre Wange und hielt dann ihren Kopf. Er schaute ihr in die Augen: „Als ich dich das erste Mal sah, wusste ich, dass wir füreinander bestimmt sind. Seit unserer Kindheit waren wir unzertrennlich. Aber zuletzt schwebtest du ständig in Lebensgefahr. Es blieb nur diese eine Lösung. Wir haben so viel zusammen durchgemacht und trotzdem gab es nichts Schlimmeres, als die Ungewissheit, ob du überlebt hast oder tot bist. Vor dir benutzte noch niemand die Zeitmaschine. Es musste plötzlich schnell gehen. Wir hatten keine Zeit mehr für Tests und keine Ahnung, ob sie funktioniert. Trotzdem hoffte ich, dass es klappen würde. Es war mir klar, dass du ein neues Leben beginnen musstest." Er schluckte und sprach leiser „Die Ungewissheit trieb mich fast in den Wahnsinn. Zuletzt habe ich es kaum noch ausgehalten und angefangen, jemanden durch die Zeit zu schicken. Die Suche gestaltete sich sehr schwierig, denn es existierte keine Spur. Anhand von Lees Berechnungen hat Han dich schließlich mit viel Glück gefunden. Es tat gut, dich wiederzusehen. Damit war nicht alles umsonst. Es ist leichter für mich, zu wissen, dass es dir gut geht, da wo du jetzt lebst." Dann ließ er sie los und schwenkte trocken zu einem anderen Thema um „Sven setzte eine geniale Idee zur Energiegewinnung um. Damit steht uns morgen wieder genug für die Zeitmaschine zur Verfügung." Der Boss drehte sich um und ging einfach weg. Min lehnte sich an die Wand, Tränen in den Augen. Nachdem sie sich gefangen hatte, meinte sie zu Nick „Deine Haare sind zu lang. Das würde auffallen. Wir gehen zu Ernesto, unserem Friseur. Der bekommt das hin." Darauf setzten sie ihren Weg fort. Nick folgte ihr wortlos. Es war ihm unangenehm, was eben geschehen war.

*

Am nächsten Tag standen sie im Thronsaal bereit zum Abmarsch. Nur der Boss fehlte. Nick erinnerte sich zurück an den Vortag. Ernesto hatte in der Tat ein Meisterwerk bei ihm und Min vollbracht. Ihre Haare sahen aus, wie am Tage der Entführung. Selbst die Finger- und Fußnägel wurden professionell bearbeitet. Die Aktion gestaltete sich jedoch schwieriger als erwartet. Ernesto präsentierte tolle Ideen, was er mit den Haaren anstellen wollte. Mürrisch ließ er sich schließlich überreden, sie einfach bloß kürzer zu schneiden. Seine Laune besserte sich erst, als er die Feder aus Mins Haar entfernen durfte. Bei dem Gedanken daran, schüttelte Nick den Kopf. Hier lebten wirklich seltsame Menschen. Endlich kam der Boss schnellen Schrittes heran und schon ging es los. Er winkte, dass sie ihm folgen sollten. Sogleich setzte sich die Gruppe in Bewegung. Nick bereitete sich auf eine Tour vor, die mehrere Tage dauern würde. Er dachte noch mit Schrecken an die lange Reise hierher. Doch zu seinem Erstaunen wanderten sie in langen Gängen umher, anstatt nach draußen zu gehen. Nach geraumer Zeit standen sie vor einem Durchbruch in der Wand. So etwas hatte er unlängst gesehen, als sie zu den Raubkatzen gegangen waren. Gleise führten in den Berg hinein. Der Tunnel war zu weit und zu dunkel, um das Ende sehen zu können. Auf der Schiene lag ein Brett, welches zwei Personen Platz bot. Der Boss teilte die Gruppe auf. Er selbst beanspruchte eines für sich allein und startete unvermittelt. Kurz darauf schoss ein Brett heran, so dass die Nächsten durch den Tunnel fahren konnten. Das Prinzip leuchtete ein: durch das Rutschen in die Tiefe, wurde das untere Brett nach oben befördert. Min und Han folgten dem Boss. Nick und Lee bildeten das letzte Paar. An einer Station angekommen, warteten sie auf die Ankunft der anderen. Zusammen gingen sie zur nächsten Rutsche. Ein schwaches Licht wies ihnen den Weg. Nick versuchte zunächst sich die Gänge zu merken, gab aber bald auf. Nach unzähligen rasanten Fahrten endete ihre Reise. Sie landeten in einer engen Höhle. Von dort führte ein Labyrinth empor. Oben angekommen, wurde ersichtlich, dass der Berg mit den Höhlen weit hinter ihnen lag, ebenso der Wald mit den Raubkatzen. Nun hieß es laufen. Sie setzten ihre Kapuzen auf und marschierten los. Anfänglich war der Weg so schmal, dass sie hintereinander gehen mussten. Dann wurde er breiter, allerdings auch sandiger. Letztlich erstreckte sich eine Wüste vor ihnen. Nick hielt einen Moment inne und starrte in die endlose Ferne. ‚Jetzt werden wir sicher gleich in der Glut der Sonne mit Durst und Hunger umherirren!' Diese Vorstellung ließ ihn erschaudern. Schon gab ihm Lee einen Puff, der ihn vorwärts laufen ließ. Wortlos durchquerten sie die Wüste, bis zur Dämmerung. Sie rasteten, bauten jedoch kein Zelt auf. Fortwährend blickten sie sich um. Worauf warteten sie? Nick spürte Unruhe in sich aufsteigen, gleich würde bestimmt etwas Schreckliches geschehen.

Da blitze es blau vor ihnen auf und aus dem Nichts rauschte ein graublauer Transporter vorbei. Dieser bremste scharf und hüllte sie in eine Staubwolke.

Nick erkannte ihn sofort und sein Herz pochte laut vor Aufregung. Ja, mit dem waren sie hergefahren, falls man das so nennen konnte. Endlich ist es vorbei! Da keiner reagierte, beäugte er vorsichtig das Gefährt. Es hatte keine Fenster. Durch die Frontscheibe konnte man nicht ins Innere sehen. Diese war auch nicht aus Glas. Nick kam es vor, als hätten sich die Räder kein bisschen bewegt. Waren sie nur Attrappe? Flog der Wagen oder fuhr selbiger auf einem Luftkissen? Nick beschäftigten tausende Fragen. Er dachte zurück, wie sie herwärts tagelang marschiert waren und einen wahren Horrortrip durchlebt hatten. „Wieso sind wir nicht gleich hier gelandet, sondern schier endlos umhergeirrt? Der Weg ist doch viel kürzer und ungefährlicher?" fragte er unverblümt. Lee gab zur Antwort „In die Vergangenheit reisen, ist kein Problem, aber in die Zukunft schon. Sie verschiebt sich manchmal und man muss einen Ort wählen, den es garantiert noch gibt. Ab und zu weicht es vom eingegebenen Ziel ab. Zudem mussten wir zu den Priestern. Herwärts hatten wir jede Menge ungeplante Umwege in Kauf zu nehmen." Er wollte fortfahren, da unterbrach ihn der Boss „Schluss mit dem Gefasel! Steigt alle ein!" Sogleich sprangen sie in den Wagen. Der Boss öffnete die Zwischenwand zur Fahrerkabine. Nick beobachtete ihn. Dort saß kein Fahrer! Es blinkten lediglich unzählige Schalter und Anzeigen. Der Boss stellte die Koordinaten ein und kam zurück. Als er die Zwischentür schloss, bewegte sich der Wagen bereits. Der Boss setzte sich auf den einzigen Stuhl. Die anderen machten es sich am Boden gemütlich. Han und Lee nahmen Nick in die Mitte.

Min saß an der Seite des Fahrzeuges, dicht beim Boss. Der Wagen fuhr schneller. Der Boss sprach Nick plötzlich an: „Du hast mich mal gefragt, warum wir dich mitgenommen haben. Eigentlich war es ungeplant. Aber Min war damals nicht ganz freiwillig gegangen. Die Möglichkeit bestand, dass sie uns nicht helfen würde. Es hätte ja sein können ..." Er hielt kurz inne und redete dann weiter „Mir kam in den Sinn dich als Druckmittel zu benutzen. Wie sich herausstellte war meine Sorge unbegründet." Der Wagen ruckte und der Boss lenkte schnell vom Thema ab, indem er rief „Zeit zum Umziehen." Er holte die Säcke hervor, in denen sich ihre alten Sachen befanden. Augenblicklich stellte er sich so hin, dass Min sich hinter ihm umziehen konnte, ohne, dass jemand sie zu beobachten vermochte. Sie nutzte die Gelegenheit und steckte sich in ihren Karate-Gürtel ein beinah durchsichtiges, grünes Blatt. Nun war Nick an der Reihe. Es tat gut, seine Sachen auf der Haut zu spüren. Er setzte sich wieder zwischen Lee und Han. Der Boss warf eine Art Pistole zu ihnen und Lee legte sie an. „Mach's gut Kumpel. Du bist in Ordnung." sagte er noch, bevor er abdrückte. Nick sackte zusammen und schlief tief. Der Boss nahm Min auf den Schoß. Er ergriff die Waffe, die ihm Lee reichte. Der Boss lächelte Min an. Seine Lippen formten stumm „Ich liebe dich." Sie strich zärtlich über seine Wange. Das Klicken der Pistole erklang. Die Betäubung wirkte sofort. Ihr Arm rutschte nach unten. Er drückte sie fest an sich bis der Wagen bremste und sich die Tür öffnete.

Draußen herrschte Dunkelheit. Perfekt, um nicht aufzufallen. Sie standen direkt vor der Turnhalle, an dem Platz, an der ihre Reise begann. Der Qualm in der Halle sollte inzwischen verflogen sein. Die Leute dürften in Kürze aufwachen. Die Männer schauten umsichtig aus dem Wagen. Die Luft war rein, der Weg frei! Han und Lee schleppten Nick in die Halle und legten ihn drinnen vor die Tür. Es sah so aus, als wäre er beim Versuch, sie zu öffnen, zusammengebrochen. Der Boss trug Min vorsichtig bis an die Stelle, von welcher er sie entführt hatte. Behutsam legte er sie zurecht. Man könnte meinen, sie sei gefallen, so wie die anderen. Liebevoll strich er ihr noch einmal übers Haar. „Bald werde ich nach dir sehen, meine kleine Wildkatze." flüsterte er, während er abermals an der Pistole drehte. Diese hielt er an ihren Hals und drückte ab. Sie und die Leute müssten gleich zu sich kommen, daher sprangen die drei auf und machten sich aus dem Staub. Die Tür schlug hinter ihnen zu. Draußen raste der Wagen los. Am Ende der Straße, am dunkelsten Ort, hob er ab. Nachdem er eine erstaunliche Geschwindigkeit erreichte, verschwand er mit einem blauen Blitz. Hätte ihn jemand gesehen, so hätte er sich gewundert, was das gewesen sein mochte.

*

In der Turnhalle wurde es lebhaft. Die ersten kamen zu sich. Ein Raunen ging durch die Reihen. Was war passiert? Ein Überfall? Gab es Verletzte? Die meisten klagten über Kopfschmerzen. Einige gingen zu ihren Sachen und prüften, ob etwas gestohlen wurde. Offensichtlich fehlte nichts und niemand. Sie wunderten sich darüber, gelangten aber zu dem Schluss, dass jemand ihnen einen Streich gespielt haben musste.

Vielleicht Kinder? Oder ereilte sie ein Hitzschlag? Sogleich kümmerten sie sich um diejenigen, die am Boden lagen. Als Nick erwachte, begann er aufgeregt darüber zu reden, dass er und Min entführt worden waren. „Habt ihr die Männer nicht gesehen! Sie entführten Min und verschleppten mich!" rief er. „Wer ist Min?" „Wie? Was?" bekam er nur zur Antwort. „Na sie, Anna!" er zeigte auf Min und steigerte sich beim Erörtern in Rage. Sie lag noch auf dem Boden, neben den Damen, mit denen sie vor der Entführung trainiert hatte. Eben rafften sich die Frauen auf. Die anderen schauten ungläubig auf diese. Nick wirkte sehr aufgeregt. „Sie reisten mit uns in einer Zeitmaschine in die Zukunft. Den blaugrauen Transporter müsst ihr doch gesehen haben! Ein Fahrzeug ohne Fenster, das fällt jedem auf!" polterte er. Zu seinem Verdruss, teilten die anderen die Meinung, dass er sich im Rausch befand und nicht zurechnungsfähig war. Es wurde laut. Sie sprachen völlig durcheinander. Nick schritt schließlich auf Min zu und schrie „Ich kann es beweisen. Da! Sie heißt Min und war verletzt. Dort an der Schulter und am Bauch! Ein Schwert durchbohrte sie!" Er versuchte ihren Karateanzug herunterzureißen. Das misslang jedoch. Min wehrte sich und hielt ihn zusammen, so gut es ging. Sie dachte die ganze Zeit an die Salben auf ihrem Körper, die silberne an Bauch und Rücken, sowie die weiße an der Schulter. Die existierten ja noch. So schnell heilen die Wunden nicht, trotz der Heilmittel. Die Bestandteile der silbernen Salbe gab es hier noch nicht, lebendes Material! Wenn das jemand feststellen würde, wäre alles aus. Eine Notiz oder eine SMS darüber

164

könnte ihren Aufenthaltsort verraten. Es wäre eine Frage der Zeit, wann die Soldaten aus der Zukunft auftauchen würden. Ihr Leben wäre endgültig vorbei. Sie könnte nirgendwo hin. Ihr stand keine Zeitmaschine zur Verfügung. Wer sollte ihr helfen? Mit Schrecken fielen ihr Mann und Kind ein. Diese wären ebenfalls in Gefahr. Nick musste sich beruhigen! Zum Glück hatte sie in weiser Voraussicht das Blatt in ihren Gürtel gesteckt. Aber wie konnte sie ihm dieses unauffällig in den Mund schieben? Einige Männer ergriffen Nick. Sie zerrten an ihm und versuchten, ihn zurückzuhalten. „Ein Schwert?" knurrte einer ungläubig, „Du bist ja verrückt! Nick, wir leben im 20. Jahrhundert!" Es kam zu einem Handgemenge. Etliche Damen schrien hysterisch auf. Nick war außer sich. Min rief zurück „Nick, was ist bloß los mit dir?! Mein Name ist Anna. Es ist nichts passiert. Keine Verletzung! Wir lagen doch alle hier auf dem Boden, betäubt vom Gas!" Die Männer griffen fester zu und versuchten Nick weg zu ziehen. Er riss sich plötzlich los und schnappte sich Min. So, wie er es beim Boss gesehen hatte, fasste er mit seinem Arm unter den ihrigen und mit der andern Hand unter ihre Knie. Er riss sie hoch. Doch er verkalkulierte sich. Sie war plötzlich extrem leicht. Man spürte ihr Gewicht kaum. Daher konnte der Boss sie so lange tragen, schoss es ihm durch den Kopf. Jedoch zu spät. Durch den Schwung, den er genommen hatte, verlor er das Gleichgewicht. Er kippte mit ihr im Arm nach hinten über und prallte hart mit den Rücken auf den Boden, sie obenauf. Rasch flüsterte sie ihm ins Ohr „Um Himmels Willen, beruhig dich, sonst stecken sie dich in die Irrenanstalt!" Sie schob ihm unauffällig das Blatt aus ihrem Gürtel in den Mund. Dann sagte sie laut „Nick, das hast du nur geträumt! Niemand drang in die Halle ein. Die Anwohner hätten etwas bemerkt und die Polizei gerufen!" Die Leute halfen ihr auf. Min rückte ihren Anzug zurecht. Nick lag noch auf dem Boden. Das Blatt hatte sich sofort aufgelöst. Es schmeckte wie Lakritz. Er spürte absolute Ruhe, die sich in ihm ausbreitete. Nick dachte nach. Niemals würde er beweisen können, was er erlebt hatte. Min stritt alles ab, wie angekündigt. Er stand mit seiner Aussage allein. Wer sollte ihm glauben? Die Leute zogen ihn hoch. „Junge, Junge!" meinten sie zu ihm „Du hast aber ganz schön was abbekommen!" Einer griff zum Handy „Ich rufe lieber einen Krankenwagen und die Polizei." „Nein!" Nicks Stimme klang völlig ruhig, „Nein. Nicht nötig. Das waren wohl nur Halluzinationen. Ich muss das alles geträumt haben. Tut mir leid Anna. Offenbar spielte uns jemand einen Streich." Er schaute sie an. In ihrem Gesicht zuckte kurz ein dankbares Lächeln.

Sie beruhigten sich langsam. Nick setzte sich auf eine Bank am Rande der Turnhalle und atmete tief durch. Jemand riss die Tür auf und lüftete so gut es ging. Dabei wunderten sich manche. Sie hatten doch den Hocker davorgestellt! Oder schien es ihnen nur so? Es gab eine lange Beratung, ob sie die Polizei rufen sollten oder besser nicht. Letztendlich wurde ja niemand verletzt. Es gab keinerlei Rückstände vom Gas oder irgendetwas, was als Beweis hätte gelten können. Nick winkte ab „Das lassen wir besser. Wir haben nichts in der Hand und stehen ziemlich blöd da. Giftgasanschlag. Pah! Die Polizei wird denken, diese Spinnergruppe, die wollen sich bloß wichtigmachen." Das sahen die anderen ein. Sie wollten sich keinesfalls unglaubwürdig machen. Es wurde beschlossen, den Vorfall keinem zu berichten. Schließlich zogen sie sich um und machte sich auf den Heimweg. Gemurmel und Getuschel begleitete sie. Wie konnte Nick nur auf Anna losgehen? Anscheinend hatte er sie wohl doch im Visier. Er schikanierte sie ja schon länger. Aber vielleicht bildeten sie sich das nur ein. Oder spielte ihnen die Hitze nur einen Streich? Letzteres schien am wahrscheinlichsten.

Min wartete ab, bis sich keiner mehr in der Halle befand und kramte solange in ihrem Rucksack. Nick saß noch immer auf der Bank. Sie trat an ihn heran „Danke." und nach einer Pause „Es ist besser so, glaub mir." Er nickte nur stumm. „Verzeih mir." sagte er schließlich, „Ich weiß auch nicht, was in mich gefahren ist." Sie reichte ihm die Hand, welche er drückte. Dann gingen sie ihrer Wege.

Beim Umziehen dachte Nick nur: gleich ginge er nach Hause, zu seiner Frau. Sicher hatte sie ihm etwas vom Braten aufgehoben, dazu ein kühles Bierchen. Das würde er genießen. Danach nähme er sie fest in seine Arme und würde sie küssen. Sie wird sich garantiert wundern. Schließlich hatte er sie erst vor wenigen Stunden verlassen. Wie sollte er ihr erklären, dass für ihn unterdessen etliche Wochen vergangen waren? Nur Min und die aus der anderen Zeit, begleiteten ihn. Absolut keinen Beweis konnte er aufbringen. Sie hatten nichts dem Zufall überlassen, der Bart, die Haare. Das Geheimnis würde unweigerlich ein solches bleiben. Er schloss die Tür des Gebäudes ab und beobachte, wie Min auf ihr Fahrrad stieg und losradelte. Der Dynamo vom Rad surrte und die kleine Lampe flackerte auf. Bald tauchte sie in die Nacht ein. Tja, es war ja eigentlich Donnerstag, ungefähr 22 Uhr abends. Nick schaute Min noch einmal hinterher. Eigentlich hieß sie hier Anna. Der Name Min durfte ihm auf keinen Fall über die Lippen kommen. Nach dem Vorfall eben, könnte das unangenehme Folgen haben. Was mochte jetzt in ihr vorgehen? Zwei Welten, die nicht unterschiedlicher sein könnten. Ein unverhofftes Wiedersehen mit ihrem alten Leben und gleichzeitig ein Abschied für immer. Wie vermochte sie ihrem Mann in die Augen zu sehen? Oder kannte er ihr Geheimnis? Konnte man wirklich einfach so das andere Leben ausblenden? Andererseits, sie musste ja hier weiterleben. Es gab kein Zurück. Nick kam nie in den Sinn, dass dies gespielt sein könnte. Sie schien mit ihrem Mann, ein glückliches Leben zu führen. Es sah zu keiner Zeit nach Verstellung aus, sondern wirkte real. Nein, das war echt. Kein Zweifel! Nächste Woche ist wieder Training. Das lässt sie sich bestimmt nicht entgehen. Alles wäre wie gewohnt. Ohne Frage würde er es darauf anlegen, dass sie zeigt, was sie kann. Er befürchtete allerdings, dass sie ihre ganze Kraft daran setzen würde, so zu tun, als ginge es nicht besser. Aber da fiele ihm bestimmt noch etwas ein.

* * *